dtv

Um die Dreißig: In neunzehn Erzählungen entfaltet Alex Capus einen Bilderbogen über das Leben in dieser ganz besonderen Phase des menschlichen Daseins. Es ist der Alltag mit seinen kleinen Begebenheiten, die plötzlich ereignisreiche Veränderungen auslösen, von dem hier die Rede ist, egal ob es um die erste Liebe geht, um wollene Unterhosen und alte Freunde, um Badefreuden in Budapest, zufällige Begegnungen in einem Vorortzug oder ganz einfach um den Tod, der einem auch in diesem Alter bereits hier und da begegnet ist. Manches wird mit leiser Wehmut erzählt, manches mit bissiger Ironie, je nachdem, wen das Glück gerade am Wickel oder wen es verlassen hat. »Zum Heulen schön« (›Stuttgarter Zeitung‹) sind diese Kleinodien aus der Schweizer Kleinstadt Olten, die hier zum Mittelpunkt der Welt wird. Denn wie meist sind es die Geschichten, die sozusagen auf der Straße liegen, die das Leben lebenswert machen.

Alex Capus, geboren 1961 in Frankreich, studierte Geschichte und Philosophie in Basel. Zwischen 1986 und 1995 arbeitete er als Journalist bei verschiedenen Schweizer Tageszeitungen und vier Jahre als Inlandredakteur bei der Schweizerischen Depeschenagentur SDA in Bern. Alex Capus lebt heute als freier Schriftsteller in Olten, Schweiz. Bisher veröffentlichte er außerdem: ›Diese verfluchte Schwerkraft‹ (1994), ›Munzinger Pascha‹ (1997; überarbeitete Neuausgabe 2003), ›Mein Studium ferner Welten‹ (2001), ›Fast ein bißchen Frühling‹ (2002), der Roman, mit dem ihm der große Durchbruch gelang und zu dem 2003 der Materialienband ›Was bisher geschah‹ erschien, ›Glaubst du, daß es Liebe war?‹ (2003), ›Reisen im Licht der Sterne‹ (2005) sowie ›Patriarchen‹ (2006).

Alex Capus

Eigermönchundjungfrau

Deutscher Taschenbuch Verlag

Von Alex Capus
sind im Deutschen Taschenbuch Verlag erschienen:
Mein Studium ferner Welten (13065)
Munzinger Pascha (13076)
Fast ein bißchen Frühling (13167)
13 wahre Geschichten (13470)
Glaubst du, daß es Liebe war? (13295)

Vom Autor überarbeitete Neuausgabe
August 2004
3. Auflage Oktober 2006
© 2004 Deutscher Taschenbuch Verlag GmbH & Co. KG,
München
www.dtv.de
Originalveröffentlichung: Zürich 1998
Ein Teil der Erzählungen wurde früher im Eigenverlag
in der Édition des Copains, Olten, veröffentlicht.
Die Erzählung ›Fremde im Zug‹ erschien zuerst in: ›Alles Lametta‹,
hrsg. von Susann Rehlein, München 2002
Umschlagkonzept: Balk & Brumshagen
Umschlaggestaltung: Stephanie Weischer
unter Verwendung einer Fotografie von Zefa/Benelux
Gesetzt aus der Sabon 10,5/12,25· (3B2)
Gesamtherstellung: Druckerei C. H. Beck, Nördlingen
Gedruckt auf säurefreiem, chlorfrei gebleichtem Papier
Printed in Germany
ISBN-13: 978-3-423-13227-5
ISBN-10: 3-423-13227-2

Inhalt

Etwas sehr, sehr Schönes 7
Sommeridyll 1 14
Sommeridyll 2 20
Wollene Unterhosen 24
Der weiße Tennisball 30
Das geht dich einen Dreck an 41
Champagner im freien Fall 51
Elvis 60
Eilige Dreifaltigkeit 68
Zombie City 79
Wer zum Teufel ist Ramón? 91
Der Ernst des Lebens 97
Eigermönchundjungfrau 108
Leite mich, Voyager I! 118
Roxy 134
In der Zeitmaschine 141
Kühle Klara 148
Fremde im Zug 153
Diese verfluchte Schwerkraft 170

Etwas sehr, sehr Schönes

Die Geschichte beginnt morgens um sieben Uhr an einem jener goldenen Herbsttage, wie sie das Basler Hinterland so leuchtend klar hat. Auf einem kleinen Hügel stehen einsam drei flammendgelbe Birken, dahinter liegt ein stattliches weißes Wohnhaus. Auf der Terrasse flattert eine Schweizerfahne im warmen Südwestwind. Die Tür geht auf, eine junge Frau kommt heraus. Sie ist vielleicht zwanzig, allerhöchstens fünfundzwanzig Jahre alt, trägt ein rot-weißes Reisekostüm, und ihr blondes Haar leuchtet in der Morgensonne. In weißen Sandalen läuft sie auf ihr Auto zu, während hinter ihr ein weißhaariger Mann aus dem Haus tritt. Der Mann ist bestimmt über Sechzig. Seinem ausrasierten Nacken und den harten Zügen um die Mundwinkel sieht man zwei Weltkriege an, seinen Schultern und dem flachen Bauch den lebenslang trainierten Leichtathleten. Er trägt zwei große Koffer, mühelos hält er sie seitlich auswärts, so daß sie ihm nicht gegen die Beine schlagen. Er legt das Gepäck auf den Beifahrersitz, denn das Auto ist rund und winzig wie ein Frosch, ein schwarzer Renault Heck, und anderswo ist kein Platz. Dann umarmt er die junge Frau, schaut ihr eindringlich in die Augen und sagt etwas. Sie nickt, steigt ein und fährt los, kurbelt das Fenster herunter, streckt einen nackten Arm heraus und winkt. Dabei knickt sie den Ellbogen einwärts, wie es nur Frauen können. Der weißhaarige Mann winkt zurück, bis der Renault hinter den Birken verschwindet, und geht dann schnell ins Haus. Es ist der 21. Oktober 1960.

Bis zur Grenze ist es nicht weit. Ein Zöllner mit steifem Hut und Stehkragen hebt den rot-weißen Schlagbaum, ein zweiter grüßt militärisch, und gemeinsam sehen sie dem schwarzen Renault hinterher. Am Straßenrand steht ein großer blauer Wegweiser, auf dem in weißer Schrift »Paris« steht.

Noch immer ist es früh am Morgen. Die Platanen links und rechts der Straße werfen lange Schatten westwärts auf die abgemähten Weizenfelder, der Mais ist feucht vom Tau, und weit hinten treibt ein Bauernbub Kühe auf die Weide. Im Innern des Wägelchens dröhnt und scheppert es, das Steuerrad vibriert, und das Bild im Rückspiegel ist verzittert. Die junge Frau fährt so schnell der Motor eben kann. Sie ist glücklich. In den Lärm hinein singt sie Bruchstücke eines Liedes von Edith Piaf. Plötzlich verstummt sie und zuckt zusammen, als ob sie etwas vergessen hätte. Sie angelt ihre Handtasche neben den Koffern hervor und nimmt eine Packung Zigaretten heraus. Camel, ohne Filter. Sie versucht vergeblich, die Packung einhändig aufzureißen, aber die andere Hand zu Hilfe nehmen kann sie auch nicht, weil die Straße ziemlich kurvig ist. Schließlich reißt sie die Packung mit den Zähnen auf, mit starken weißen Zähnen, zieht eine Zigarette heraus und zündet sie an. Ein aufmerksamer Beobachter würde auf den ersten Blick sehen, daß die junge Frau keine geübte Raucherin ist; sie hält die Zigarette zwischen Daumen und Zeigefinger, schürzt die Lippen bei jedem Zug zu einem spitzen Mündchen, und den Rauch zieht sie kaum tiefer hinein als bis zu den Backenzähnen. Der Qualm wird immer dichter im engen Auto, bis sie das Fenster herunterkurbelt und die halb gerauchte Zigarette hinauswirft.

Die Sonne steigt höher, die Schatten in den Alleen werden kürzer. Am Mittag fährt die junge Frau auf den Parkplatz eines Restaurants und stellt ihr Wägelchen zwischen zwei gewaltigen Lastwagen ab. Vor der Eingangstür hängen bunte Plastikstreifen und versperren die Sicht ins Lokal. Sie schiebt sie zur Seite und tritt ein. Sie ist die einzige Frau im Lokal; an den Tischen sitzen Männer mit stark behaarten Unterarmen. Sie reden miteinander, und höflich bemühen sich alle, die junge Frau nicht ungebührlich anzustarren. Sie setzt sich an einen freien Tisch. Der Wirt kommt und nimmt die Bestellung auf.

Dann fragt er: »Na, Mademoiselle, wohin fahren Sie denn, so ganz alleine?«

»Nach Paris.«

»Ah, Paris! Wie lange bleiben Sie da?«

»Nur eine Nacht. Dann geht's weiter nach England. Ich besuche einen Englischkurs in Oxford.«

»Studentin?«

»Lehrerin. Ich bilde mich weiter.«

»Das ist gut, Mademoiselle, das ist gut.« Der Wirt kehrt zurück in die Küche, um Mademoiselle einen gemischten Salat zu bereiten. Die junge Frau entdeckt die Musikbox in der Ecke. Sie geht hin, studiert das Verzeichnis und drückt drei Tasten. Unter der Glashaube erhebt sich ein halbkreisförmiger Arm, greift rückwärts in die nebeneinanderstehenden Schallplatten und legt eine auf den Plattenteller. Der Tonarm macht einen Schwenker, es knistert und kracht, und dann ertönt die Musik. Es ist ein Lied von Edith Piaf, dasselbe, das die junge Frau im Auto gesungen hat. Erst jetzt merkt sie, daß es still geworden ist im Restaurant. Sie dreht sich um. Die Männer sitzen schweigend da und starren sie an. Schnell kehrt die junge Frau an ihren Platz zurück. Sie zieht ein Buch aus der Handtasche, legt es vor sich auf den Tisch und schaut nicht mehr auf, bis der Salat kommt.

Bevor die Männer ihren Kaffee ausgetrunken haben, ist der kleine Renault schon wieder auf der Straße. Die Bäume werfen jetzt nur noch ganz kurze Schatten, und über dem Teer flimmert es wie im Sommer. Dann werden die Schatten wieder länger und zeigen nordostwärts. Aber bevor der erste Schatten den Horizont berührt, läßt die junge Frau den letzten Baum hinter sich und fährt in Paris ein. Auf dem Boulevard Saint-Michel fragt sie einen Polizisten nach einem bestimmten Hotel. Sie fährt hin und hat Glück: Gleich vor dem gläsernen Entrée ist ein Parkplatz frei. Sie geht hinein, spricht mit der Dame an der Rezeption und erhält sofort einen Zimmerschlüssel.

Der Hoteldiener holt die Koffer aus dem Wagen und geht voran die Treppe hoch. In ihrem Zimmer staunt die junge Frau über die Höhe des Fensters, das von der Decke bis knapp über den Boden reicht. Sie öffnet es, lehnt sich hinaus über das verschnörkelte gußeiserne Geländer, sieht hinunter ins emsige Treiben auf der Straße und hoch hinaus über die Dächer der großen Stadt und zündet ihre zweite Zigarette an.

Zerfließend geht die Sonne unter, die Nacht kommt. Die junge Frau hat sich gewaschen und einen leichten Sommerrock angezogen. Jetzt streift sie ihr weißes Strickjäckchen über, wirft einen prüfenden Blick in den Spiegel, hebt Handtasche und Zimmerschlüssel vom Bett auf und geht hinaus. Auf dem Boulevard Saint-Michel sind gutaussehende junge Leute zu Tausenden unterwegs. Zu Hause im Basler Hinterland gehörte die junge Frau zu den hübschesten, und mehrmals hatten liebeskranke Jünglinge unglückliche Nächte im Schatten von drei einsamen Birken verbracht. Aber hier, in Paris ... die junge Frau ist beeindruckt.

Sie geht vorbei an den berühmten Literatencafés, in denen längst keine Literaten mehr sitzen, sondern nur noch blasierte Burschen in schwarzen Rollkragenpullovern, die gelangweilt dem Geschwätz ihrer hochtoupierten Freundinnen zuhören. Sie schnuppert den Dieselgestank der Busse, selig betrachtet sie die Auslagen der Buchhandlungen, heimlich schaut sie den vorbeiziehenden Menschen nach. An einer Ecke kauft sie ein paar Ansichtskarten und setzt sich ins nächste Café. Sie hat Vater versprochen, sich gleich am ersten Tag zu melden – nicht anzurufen, das wäre Geldverschwendung, aber doch eine Karte zu schreiben. Sie bestellt die erste Cola ihres Lebens, kramt den Federhalter aus der Handtasche und nimmt eine Ansichtskarte vom Stapel. Geschwind schreibt sie die Adresse und »Lieber Papa, liebe Mama«; dann stockt sie und beißt auf dem Füller herum.

Jemand spricht sie an. »Verzeihung, Mademoiselle. Wie ich sehe, haben Sie da einen ordentlichen Stapel Ansichtskarten. Wenn Sie eine entbehren könnten, würde ich Ihnen gerne ein paar Zeilen schreiben.«

Sie sieht den Mann an. Jung ist er, wahrscheinlich jünger als sie, und er kann unter seinen Augenbrauen hervorschauen wie James Dean. Das findet die junge Frau etwas lächerlich, aber immerhin trägt er keinen schwarzen Rollkragenpullover, sondern ein weißes Hemd und eine unglaublich schmale Krawatte. Groß und schlank ist er, und er spricht betont deutlich und langsam, damit sie ihn verstehen kann. Der junge Mann gefällt ihr. Sie reicht ihm eine Karte und den Füller. Er schreibt drei Zeilen, gibt ihr alles zurück, steht auf und verabschiedet sich: »Morgen um diese Zeit werde ich hier auf Sie warten. Auf Wiedersehen, Mademoiselle.« Und bevor die junge Frau antworten kann, daß sie in vierundzwanzig Stunden längst unterwegs nach England sein wird, vielleicht schon auf der Fähre oder jenseits des Ärmelkanals, ist der junge Mann im Strom der Menschen verschwunden.

Immer an dieser Stelle der Geschichte huscht ein frivoles Lächeln über das altersfaltige Mündchen meiner Mutter.

»Dein Vater hat unglaubliches Glück gehabt«, fährt sie dann jeweils fort, »ich hatte ihn am nächsten Morgen doch längst vergessen. Aber es regnete ziemlich stark, mir graute vor der Autofahrt, und so entschied ich mich, noch einen Tag in Paris zu bleiben. Ich lief den ganzen Tag im Louvre umher, und als ich abends zurück ins Hotel ging, führte mein Heimweg zufällig an jenem Café vorbei. Es war der pure Zufall, wie gesagt; dein Vater saß in der ersten Reihe, aber ich übersah ihn geflissentlich. Der eingebildete Laffe hätte sonst womöglich geglaubt, daß ich seinetwegen gekommen sei. Erst hat er nach mir gerufen und dann ist er hinter mir hergerannt, ich hörte seine Schritte und überlegte, ob ich weglaufen oder auf ihn warten sollte – da hielt ein Bus gerade neben mir, der Schaffner lächelte mich an wie ein rettender Engel und hielt mir die Hand hin, um mich auf die Plattform hochzuziehen. Ich zögerte einen Augenblick, eine Sekunde nur horchte ich auf die näher kommenden Schritte – da fuhr der Bus an, und eine sanfte Hand legte sich auf meine Schulter. Einen Monat später war ich immer noch in Paris und schwanger« – an dieser Stelle wird Mamas Lächeln jedesmal wehmütig – »und ich habe bis heute keinen Fuß auf britischen Boden gesetzt. Und Englisch kann ich auch kein Wort.«

»Mama«, sage ich dann immer, »jetzt verrate mir doch endlich: Was hat Papa auf die Ansichtskarte geschrieben?«

Und hier wird ihr Lächeln zu einem triumphierenden Strahlen. »Mein Sohn, das geht dich rein gar nichts an. Nur soviel: Es war etwas Schönes. Etwas sehr, sehr Schönes.«

Sommeridyll 1

Es war der Tag nach meinem fünften Geburtstag. Zwischen den schweren Samtvorhängen drang ein Sonnenstrahl ins Zimmer und brachte die rot-weißen Fliesen zum Leuchten. Alle schliefen noch: Mein kleiner Bruder Manuel, der neben mir in einem riesigen französischen Doppelbett lag; meine Cousins Pascal und Stephane und Christian, die viel größer waren als ich und jeder ein Einzelbett hatten. Ich horchte hinüber ins Mädchenzimmer. Auch dort war alles still. Von den Erwachsenen war sowieso noch nichts zu hören. Es war Sommer, die Männer unserer Familie hatten Urlaub und die Frauen braungebrannte Beine. Mein Geburtstagsfest hatte bis spät in die Nacht gedauert. Irgendwann waren wir Kinder reihum auf den Schößen unserer Mütter eingeschlafen. Dann waren die Väter aufgestanden und hatten uns auf ihren starken Armen zu Bett gebracht.

In Hemd und Unterhose lief ich über die kalten Fliesen durch den Knabenschlafsaal, den Flur und die Treppe hinunter bis zur Haustür, die eine riesige schwarze Türklinke hatte und deren graues Eichenholz so entsetzlich schwer war. Die Tür stand offen. Die Sonne war eben erst über dem dampfenden Apfelhain aufgegangen, und das Licht drang flach und tief ins Haus hinein. Ich trat hinaus in den normannischen Morgen. Die Steinchen des gekiesten Vorplatzes drangen spitz in meine weichen Fußballen. Der Wind hatte gedreht; gestern noch hatte er den ganzen Tag den süßen Geruch der nahen Tierkadaververbrennungsanlage herangetragen, heute brachte er einen Hauch von frischer Meeresluft vom Ärmelkanal herüber.

Der lange Tisch unter der großen Eiche war übervoll mit leeren und halbleeren Weingläsern, Flaschen, Kaffeetassen und Aschenbechern. Auf den Desserttellern hüpften aufgeregt ein paar Meisen umher und pickten die Krumen auf, die von Tante Louisettes Apfelkuchen übriggeblieben waren. Drei Stühle waren umgekippt, und im Gras lag Mamas Strickjäckchen, das immer so gut roch.

Der Tisch stank. Ich ließ ihn hinter mir und lief hinunter zum Bach, wo die Entenmutter ihre Jungen ausführte. Jenseits des Bachs weideten die Kühe des Bauern Antoine friedlich zwischen den Apfelbäumen, aber das war verbotenes Land für uns Kinder. Die Weiden des Bauern Antoine waren Sumpfland; immer wieder waren dort ungezogene Jungen steckengeblieben, hatten ungehört um Hilfe geschrien und waren kläglich erstickt, als der Schlamm über ihre Köpfe hinauswuchs. Jetzt lagen sie für immer und ewig dort drüben, und die Kühe weideten über ihren Köpfen.

»Aber Mama, warum sinken Antoines Kühe nicht ein?«

»Weil sie vier Beine und einen dicken Bauch haben. Wenn eine von Antoines Kühen in den Sumpf gerät, schwimmt sie mit ihrem dicken Bauch obenauf wie ein Schiff im Meer, und Antoine kann sie herausziehen. Du aber hast keinen dicken Bauch, und deshalb gehst du mir bis zum Bach und nicht weiter, hörst du!« Und Mama meinte das so ernst, und Ungehorsam war derart undenkbar, daß sie nicht einmal mit Strafe drohte.

Ich blickte zurück, ob mir niemand gefolgt war.

Leuchtend weiß stand das große Haus zwischen Wiesengrün und Himmelblau, stolz wie unsere Familie und friedvoll wie Mamas Schoß. Ich wandte mich wieder dem Bach zu und ließ wohlig erschauernd die Beine ins Wasser gleiten. Ich watete gegen die Strömung hinauf zum moosbewachsenen Felsbrocken, der dort im Schatten mitten im Wasser stand. Für uns Kinder war er die einsame Insel, das Piratenschiff, das Ufo, der Mond. Massig und unverrückbar stand er in der Strömung, kleine Wirbel zogen an ihm vorbei, und unsere selbstgebastelten Boote drehten sich darin, wenn man sie nahe genug am Fels vorbeiziehen ließ. An einer geheimen, nur mir bekannten Stelle ging ich langsam in die Knie, tauchte erschauernd den Hintern ins Wasser und dann auch den Bauch. Schließlich saß ich am Grund des Bachs auf glitschigen Kieseln, Hemd und Hose klebten mir am Leib, und das Wasser stand mir bis zum Hals. Mit der rechten Hand tastete ich nach der geheimen Höhle unter dem Felsbrocken, die ich ganz alleine in den Kies gegraben hatte. Einen Moment erwog ich, daß über Nacht ein Flußkrebs oder ein Raubfisch eingezogen sein könnte, aber dann stieß ich mutig hinein, zog die Hand aus dem Wasser und hielt meinen Bergkristall ans Sonnenlicht. Er stammte aus Großvaters Sammlung; der alte Mann hatte ihn mir gestern zum Geburtstag geschenkt. Es war ein ziemlich kleiner Kristall, und so hatte ich mir vorgenommen, ihn ein Stück wachsen zu lassen. Das Wasser in diesem Bach war mindestens so klar wie ein Kristall, und kalt war es auch. Ich hatte mit niemandem darüber gesprochen, aber ich war mir ganz sicher, daß Kristalle nur in kaltem Wasser richtig wachsen können.

Der Kristall war an jenem Morgen halb so lang wie

der Zeigefinger meiner rechten Hand und etwa gleich dick. Genau gleich wie gestern also. Vielleicht war eine Nacht nicht genug. Vielleicht würde ich ihn ein paar Tage in Ruhe lassen, damit er ungestört wachsen konnte.

Ich hatte den Kristall gerade wieder zuhinterst in der Höhle versteckt, als neben mir das Wasser aufspritzte. Ich wußte sofort, was das war: Jemand hatte einen Stein nach mir geworfen. Kampfbereit griff ich im Bachbett nach einem passenden Kiesel, stand auf und drehte mich um, den Wurfarm weit nach hinten ausgestreckt – aber dort unten stand mein Vater, groß und schlank wie ein Baum, frisch rasiert und lachend, nachlässig gekleidet in seinem verwaschenen Lieblingshemd und seiner zerknitterten Baumwollhose. Er winkte, und ich watete zu ihm hin.

»Guten Morgen, Frühaufsteher! Wie fühlt man sich so als Fünfjähriger?«

»Gut.«

»Gut? Ist das alles? Ab heute bist du ein richtiger großer Junge und kein Baby mehr – das ist doch was!«

»Ja, Papa.«

Vater sah mich prüfend an. Ich stand tropfnaß in Hemd und Unterhose vor ihm. »Daß du mir nicht ins Sumpfland gehst! Wenn du die Glocke hörst, kommst du frühstücken, klar? Und wenn du hier am Bach fertig bist, ziehst du dir was an.«

»Ja, Papa.«

Vater ging zurück zum Haus. Nach ein paar Schritten drehte er sich um und sah mich an. Er lächelte merkwürdig, und auf seiner rechten Wange zuckte der Kaumuskel. Ich fühlte mich unbehaglich.

»Hast du heute schon Tauben gesehen?«

»Tauben?«

»Ja, Tauben. Die wilden graubraunen Tauben, die manchmal auf dem Hausdach sitzen. Hast du sie heute schon gesehen?«
»Nein, Papa.«
»Wenn du eine siehst, ruf mich. Ich bin im Haus.«

Dann war er weg, und mir fiel ein, daß der Piratenhafen gestern schwer bombardiert worden war. Ich ging hin und reparierte die Quais und machte die Fahrrinne wieder frei und warf die Kanonenkugeln zurück ins Meer. Dann ließ ich die Schiffe zu Wasser, die aus Sicherheitsgründen an Land übernachtet hatten, und dann merkte ich, daß ich fror. Ich lief zurück zum Haus, um mich abzutrocknen und anzuziehen.

Auf dem Dach saß eine Taube. Ganz zuoberst auf dem Dachfirst.

Sie ruckelte mit dem Kopf und gurrte, tippelte ein wenig nach rechts und dann wieder ein paar Schritte nach links.
»Papa! Papaa!«
»Ja?«
»Eine Taube! Auf dem Dach sitzt eine Taube!«

Vater tauchte aus dem dunklen Hausflur auf und trat hinaus auf den Hof. In der Hand hielt er einen großen, silbern glänzenden Revolver. Mit zusammengekniffenen Augen schaute er hoch zum Dachfirst, zielte mit ausgestrecktem Arm und schoß. Es gab einen entsetzlichen Knall. Die Taube flatterte und verschwand hinter dem Hausdach; zwei Sekunden später kam sie flügelschlagend wieder hoch, flog über uns hinweg und setzte sich in die große Eiche direkt über dem langen Tisch mit den Weingläsern und den Kaffeetassen. Vater und ich liefen hin und spähten hoch in den Baum. Dort oben saß die Taube, tat keinen Wank und stellte sich schlafend. Diesmal zielte Vater lange und sorgfältig. Als der zweite Schuß die morgendliche Stille zerriß, fiel uns ein blutiges Bündel Federn vor die Füße, ganz nah neben Mamas weiße Strickjacke. Vater setzte sich auf einen Stuhl und hieß mich neben ihm Platz nehmen. Dann rupfte er die Taube. Die Federn fielen ins Gras, und die milde Meeresluft wirbelte sie auf und verstreute sie übers ganze Land. Als er damit fertig und die Taube ganz nackt war, nahm er sein Klappmesser aus der Hosentasche, stach ihr in den Bauch und zog die blauroten Gedärme und all die anderen Innereien heraus. Dann gingen wir in die Küche. Vater rieb den Vogel mit Senf ein und würzte ihn, steckte ihn in einen Topf und übergoß alles mit Rotwein. Und als die Taube gar war, mußte ich sie ganz alleine essen. Vater half mir mit den Knochen und sah zu, daß ich kein Fleisch übrigließ.

Um wieviel wächst eigentlich ein Bergkristall, wenn dreißig Jahre lang klares, kaltes Bachwasser über ihn hinwegfließt?

Sommeridyll 2

Der dicke Mann mit der blau-weiß-roten Schärpe hatte eine Rede gehalten. Er stieg schnaufend vom hölzernen Gestell, das man im Sand für ihn aufgebaut hatte. Jetzt würden die Erwachsenen lange am Strand promenieren und ernste Worte sprechen, die sich im Geschrei der Möwen verloren. Die Kinder würden Drachen in den bläulichfahlen Himmel steigen lassen, und am Abend würden alle auf dem Dorfplatz zu Akkordeonmusik tanzen. Das Meer hatte sich bis an den Horizont zurückgezogen, und es sah aus, als könne man zu Fuß nach England hinüberlaufen. Ich jagte die kleinen schwarzen Krebse, die seitwärts über den nassen Sand flohen. Vater hatte mir beigebracht, wie man sie anfassen muß: hinten am Panzer, damit sie einen mit ihren Scheren nicht klemmen können. Mein Eimer war schon halb gefüllt mit Krebsen. Sie versuchten vergeblich, die glatten Plastikwände hochzukriechen; es entstand ein schabendes Geräusch, das ich in den Fingern fühlte, und mich schauderte. Bald würde ich die Krebse wieder freilassen.

»Hast du deine Mama gesehen?«

»Dort.« Mama stand weit draußen bei den sich brechenden Wellen, hielt in der linken Hand ihre Schuhe und mit der rechten den Hut fest. Ihr hellblauer Rock verschwamm im Dunst mit dem Meer und dem Himmel. Unentwegt sah sie aufs Wasser hinaus. Papa seufzte und kauerte sich neben mir hin.

»Was hat der dicke Mann erzählt?« fragte ich.

»Ach, es ist jedes Jahr dasselbe. Er hat den tausend amerikanischen Soldaten gedankt, die über diesen Strand gerannt sind und von den Deutschen erschossen wurden. Sollen wir die Krebse freilassen?«

Ich nickte, und wir sahen gemeinsam hinaus.

»Papa?«

»Ja?«

»Was hat Mama eigentlich?«

»Ich weiß nicht. Sie ist traurig.«

»Worüber?«

»Ich weiß es nicht. Ich glaube, sie möchte in die Schweiz fahren, oder nach England.«

»Wieso?«

»Sie will einfach weg von hier, das ist alles.«

»Glaubst du, daß sie es tut?«

Papa zuckte mit den Schultern. »Ich hoffe nicht. Was meinst du?«

»Ich glaub's nicht. Und wenn sie geht, dann gehen wir einfach mit.«

»Genau.« Papa lachte, zog mich an der Badehose zu sich heran und küßte mich. Seine Bartstoppeln piekten. Es tat ein bißchen weh, und doch mochte ich es.

»Papa?«

»Ja?«

»Hast du schon mal einen amerikanischen Soldaten gefunden?«

»Einen toten, meinst du? Nein. Die haben sie alle eingesammelt, als der Krieg woandershin ging.«

»Und dann?«

»Dann haben sie sie in tausend Metallsärge gepackt. Dort hinten standen sie in langen, schnurgeraden Reihen. Dann ist ein Flugzeug gelandet und hat sie zurück nach Amerika geflogen.«

»Metallsärge?«

»Bei Holzsärgen wäre das Blut herausgetropft. Wir sollten jetzt wirklich die Krebse freilassen. Die ersticken sonst in deinem Plastikeimer.«

Ich kippte den Eimer aus, und die Krebse flohen in alle Richtungen.

»Waren es genau tausend Metallsärge?«

»Keine Ahnung. Ich habe sie nicht gezählt.«

»Dann könnte es sein, daß sie einen toten Amerikaner liegengelassen haben?«

»Ich weiß nicht. Die haben schon genau nachgesehen. So ein Amerikaner ist groß, den übersieht man nicht so leicht.«

»Aber wenn er am Strand lag, und ein paar große Wellen deckten ihn mit Sand zu? Dann könnte es doch sein, daß er immer noch hier irgendwo liegt, mit der Uniform und dem Gewehr und dem Helm und der Handgranate und allem?«

»Weißt du, das ist jetzt dreiundzwanzig Jahre her...«

»Wir könnten doch graben! Vielleicht finden wir ihn!«

»Nun, dreiundzwanzig Jahre sind eine lange Zeit, ich war damals noch nicht einmal so alt wie du, und Meerwasser ist eine ziemlich scharfe Sache. Da verrostet alles, und den Rest fressen die Krebse.«

»Wie viele Krebse braucht es, um einen Amerikaner zu fressen?«

»Keine Ahnung. Hundert vielleicht. Wollen wir Mama holen?«

Wir liefen los, und bald fanden wir Mamas Fußspuren, die schnurgerade zum Horizont hinstrebten. Ich lief links neben ihren Fußabdrücken, Papa rechts davon. Meine Abdrücke waren fast so groß wie jene von Mama, nur Papas Füße waren viel größer, und das, obwohl seine Zehen gebogen waren wie Vogelkrallen; während des Krieges hatte es keine Kinderschuhe gegeben, und so waren seine Zehen in zu kleinen Schuhen nach oben gewachsen.

»Unsere Kindergärtnerin hat gesagt, daß jedes Tier eine Seele hat.«

»Das stimmt wahrscheinlich. Oder was meinst du?«

»Wahrscheinlich schon. Hunde, Katzen und so. Aber die Krebse ...«

»Die nicht?«

»Ich weiß nicht ... die sehen so blöd aus. Kann ich mir nicht vorstellen, daß die eine Seele haben. Sie sehen zwar nicht so blöd aus wie ein Stein oder ein Haufen Sand, aber schon viel blöder als ein Hund oder eine Katze.«

»Immerhin sind sie nicht zu blöd, einen toten Amerikaner aufzufressen. Ein Stein kann das nicht, ein Haufen Sand auch nicht.«

»Ein Krebs allein kann das auch nicht. Dazu braucht's hundert Krebse, hast du gesagt.«

Vater dachte lange nach. »Dann hat vielleicht nur einer von hundert Krebsen eine Seele, und die anderen neunundneunzig sind blöd wie ein Stein.«

»Kann ich mir nicht vorstellen. Krebse sehen alle gleich blöd aus. Habe noch nie einen getroffen, der anders ausgesehen hätte.«

»Wenn das so ist, gibt's nur noch eine Möglichkeit: Die hundert Krebse teilen sich eine Seele. Ein Hundertstel Seele pro Krebs. Darum sehen sie so blöd aus.«

Wir waren jetzt ganz nah bei Mama. Sie mußte uns schon lange gehört haben, drehte sich aber nicht nach uns um. Papa blieb stehen und bückte sich an mein Ohr. »Du sagst kein Wort von England oder der Schweiz, ja? Vielleicht fahren wir eines Tages hin, dann soll es eine Überraschung sein.«

Wollene Unterhosen

Wollene Unterhosen. Meine ganze Kindheit war wollene Unterhosen. Koste ich das Gefühl, das mich in diesen gottverdammt verklemmten sechziger Jahren beherrschte, so fällt mir nichts anderes ein als die wollenen Unterhosen, die meine Mutter mir gestrickt und aufgezwungen hat. Ich schämte mich zu Tode: Ich war der einzige in der ganzen Klasse, der im Winter wollene Unterhosen trug; wollene Unterhosen waren Mädchensache, und wenn schon, hätten sie ganz bestimmt nicht blau-weiß gestreift sein dürfen – das ganz bestimmt nicht. Welche Schmach, welche Schande, diese vor der Turnstunde in der Garderobe herzeigen zu müssen! Selbst heute noch, fast dreißig Jahre später, verkrampfen sich mir die Gedärme bei der bloßen Erinnerung.

Wenn ich die Augen schließe, sitze ich sofort wieder mit wollenen Unterhosen in der Garderobe neben der Turnhalle T2. Dann rieche ich den Mief, mit dem Generationen von Schülern das Holz der Sitzbänke imprägniert hatten, ich höre das Geschrei meiner Kumpels, ich fühle den salzigen Geschmack der metallenen Kleiderhaken, die ich zuweilen – warum nur? – heimlich ableckte, und ich sehe die anderen Buben vor mir aufgereiht. Sie tragen lange Unterhosen, warten auf den Lehrer und schauen mit großen Augen in die unendliche Zukunft, die sie noch zu durchwaten haben. »Ich trage wollene Unterhosen, Jungs«, rufe ich meinen Kameraden über dreißig Jahre hinweg zu, und es hallt ein wenig wie in einem Kanalisationsschacht. »Ich trage wollene Unterhosen und schäme mich schrecklich dafür – und ihr, Kumpels? Wie fühlt es sich für euch so an, sieben Jahre alt zu sein in diesem verklemmten Jahr 1968?«

Ich rufe meinen alten Jugendfreund Wolfgang in den Zeugenstand: Was ist für dich die Kindheit in den sechziger Jahren, Kumpel? Ein silberner Stiftzahn, ich weiß. Oberer Schneidezahn links, in der künstlichen Silberversion eingesetzt, nachdem du das Original beim Sturz vom Klettergerüst hinter unserem Wohnblock verloren hattest. Ich habe dich immer beneidet um deinen Silberzahn, weißt du das, Wolfgang? In deinem Gesicht hatte das Leben schon Spuren hinterlassen; der Silberzahn war ein guter Anfang, um Rennfahrer oder Astronaut oder so was zu werden. Wie langweilig war dagegen das Weiß meiner eigenen Zähne, die mir viel zu groß und breitlückig aus dem Mund ragten.

Du warst ein Mann unter kleinen Jungs, Wolfgang; aber du hast ihn nicht gemocht, deinen Silberzahn. Du hast dich geschämt. Eine Kindheit lang bist du mit hart über die Zähne gezogener Oberlippe umhergerannt, und nur ganz selten blitzte das Metall in deinem Mund auf, wenn du laut lachen mußtest oder Luft holtest nach dem Tauchen im Fluß. Jetzt kannst du es mir doch sagen: Wie fühltest du dich damals, als Siebenjähriger vor dreißig Jahren?

Ich rufe Fredi in den Zeugenstand. Was ist für dich die Kindheit in den sechziger Jahren? Eine Horde kreischend davonlaufender Mädchen, wir erinnern uns. Die

Mädchen nahmen vor dir Reißaus, Fredi, und zwar ausnahmslos alle, und das eine ganze Kindheit und Jugend lang, Tag für Tag, Sommer und Winter, Jahr für Jahr. Was war geschehen? Du hattest dich verliebt in eine dieser drei oder vier Göttinnen, die es in unserer Klasse gab. Das allein war noch nicht ungewöhnlich; jeder von uns betete im stillen zu einer Göttin, unter äußerster Geheimhaltung, wohlverstanden – denn nichts auf der Welt hätte in diesen gottverflucht verklemmten sechziger Jahren einen Siebenjährigen dazu bewegen können, einem Mädchen seine Liebe zu gestehen, so tief und rein und schön diese auch sein mochte. Du aber warst anders, Fredi: Du gingst hin und küßtest Susi Fischer während der Pause mitten auf die Wange. Genau jene Susi übrigens – heute kann ich es dir ja sagen –, in die ich auch verliebt war.

Der Skandal war komplett. Deinetwegen und zur Rettung von Susis Unschuld fanden statt: ein Verhör der ganzen Schulklasse, Lehrerkonferenzen, Elternabende, eine Ansprache des Rektors an die Schülerschaft. Um deinen Ruf war es geschehen, erinnerst du dich, Fredi? Neun unendliche Schuljahre lang sind die Mädchen kreischend vor dir zurückgewichen, und wir Jungs vermieden es aus Sorge um unseren guten Ruf, allzusehr mit dir befreundet zu sein. Du konntest auftauchen, wo du wolltest, im Hallenbad, im Wald, auf dem Spielplatz, immer warst du der Unhold vom Dienst mit nichts als dem einen im Kopf. Mit sechzehn Jahren hast du unsere kleine Stadt dann hinter dir gelassen; in Zürich wohnst du jetzt, nicht wahr, Fredi? Fredi? Kannst du mich hören dort draußen? Dann sag mir bitte: Wonach schmeckt deine Kindheit, wenn du sie auf der Zunge zergehen läßt?

Und jetzt Heinz. Ich rufe nach Heinz Stüdeli durch den Kanalisationsschacht der letzten dreißig Jahre. Wie war's für dich, Heinz? Wie war das damals, wenn man rote Haare hatte und etwas zu kurz und etwas zu dick geraten war? Nicht lustig war's, ich weiß. In den sechziger Jahren gab es in den Schulen noch keine Türken, keine Jugoslawen und schon gar keine Neger, die wir hätten verachten können. Also wählten wir den Rothaarigen, und das warst du. Niemand wollte die Schulbank mit dir teilen, erinnerst du dich? Du saßest immer ganz zuhinterst links alleine in einer Bank, und nach der Schule, wenn wir anderen Jungs noch Fußball spielten auf dem Pausenplatz, liefst du schnell nach Hause. Und dabei mochten wir dich eigentlich; ich habe dir 1970 sogar mein altes Transistorradio geschenkt, weil ich zu Weihnachten ein neues bekommen hatte. Wir mochten dich eigentlich alle – nur zugegeben hätten wir das nie.

Verzeih mir, Heinz, aber gerechterweise muß ich auch das erwähnen: Du stankst erheblich. Deine weiße, sonnenempfindliche Haut verströmte den Geruch von ranziger Butter – einen süß-sauren Geruch, der mich gleichermaßen faszinierte und anekelte. Riechen alle Rothaarigen nach ranziger Butter, oder ist das deine Spezialität? Noch heute weiß ich es nicht. Immer wieder strich ich ganz nahe an dir vorbei, während wir uns in der Garderobe umzogen. Ich näherte meine Nase so weit wie möglich deiner Haut – du hättest es nicht bemerken sollen. Hast du? Ich zog den Duft ein, der von deiner Haut ausging, erschauerte wohlig und flüchtete in meinen wollenen Unterhosen ans andere Ende der Garderobe. Derweil mochte Wolfgang mit der Zunge prüfend seinen Silberzahn abtasten, Fredi gebrochenen Herzens an Susi denken

Und nun, da ich uns alle vier so sehe am Anfang des dreißig Jahre langen Kanalisationsschachtes, vier kleine Jungs, die sich für nichts und wieder nichts die Kindheit mit Scham vergiften: Was gäbe ich darum, wenn ich zurückwaten könnte im schmutzigen Fluß des Lebens, zurück bis in jene Knabengarderobe vor dreißig Jahren! Dann würde ich jeden einzelnen von uns packen an den knochigen Schultern, ich würde uns reihum schütteln, mich und euch, Wolfgang, Fredi und Heinz, und ich würde uns zurufen: »Schämt euch doch nicht! Schämt euch doch nicht so!«

Aber die Strömung ist zu stark im Kanalisationsschacht. Wir sitzen auf unserem Floß, und das Wasser treibt uns immer weiter weg von der Knabengarderobe, in der vier kleine Jungs sich schämen. Und während die Garderobe sich langsam im Halbdunkel der Vergangenheit auflöst, betrachte ich die vier Männer auf dem Floß. – Was höre ich da? Sagt einer, ich übertreibe? Alles Kinderkram, längst vergessen, Gras und Schwamm drüber?

Also noch einmal von vorn. Ich rufe Heinz in den Zeugenstand! Sag uns, Heinz: Wie fühlst du dich, wenn du deine roten Haare schwarz nachfärben läßt? Was denkst du, während du im Fitneßcenter deine Bodybuilder-Muskeln stählst? Und du, Wolfgang: Warum lächelst du noch immer mit über die Zähne gezogener Oberlippe, obwohl du deinen Silberzahn gleich mit dem ersten Lehrlingslohn durch einen weißen ersetzen ließest? Und Fredi, mit Verlaub: Wie erklärst du dir deine dicke Goldkette über der behaarten Brust und die Rolex am Handgelenk? Sagt selbst, Kumpels: Alles längst vergessener Kinderkram? Muß ich euch wirklich noch gestehen, daß ich seit über zwanzig Jahren ausschließlich seidene Unterhosen trage und von wollenen Textilien jeglicher Art Hautausschläge bekomme?

Nein, Freunde: Es hat sich nichts verändert auf der langen Fahrt durch den Kanalisationsschacht. Und wenn uns das Leben nicht getrennt hätte und ich mit euch zusammensäße statt an dieser Schreibmaschine, dann würde ich uns alle schütteln an den fett gewordenen Schultern, und ich würde uns zurufen:

»Schämt euch doch nicht! Schämt euch doch nicht so!«

Der weiße Tennisball

Nie ist die Nacht so schwarz wie kurz vor der Morgendämmerung, und kein Geräusch ist um diese Zeit schrecklicher als das Läuten des Telefons. Deshalb beginnen alle schlimmen Geschichten mit einem Anruf um vier Uhr dreiundfünfzig.

»Hm?«

»Hallo? Guten Abend, Entschuldigung. Bin ich hier bei Alex Capus?«

»Ja.«

»Dem Schriftsteller?«

»Wissen Sie, wie spät es ist?«

»O Gott, vier Uhr vierundfünfzig.«

»Ja, Mann. Schauen Sie aus dem Fenster. Im Osten wird es hell. Wer sind Sie überhaupt?«

»Tatsächlich. Ein silberner Streifen am Horizont.«

»In einer Stunde geht die Sonne auf.«

»Ich habe Sie geweckt, nicht wahr? Bitte verzeihen Sie, das wollte ich nicht. Das ist ja völlig unmöglich, was müssen Sie von mir denken ... Ich werde jetzt gleich einhängen.«

»Tun Sie das, und schlafen Sie ein paar Stunden. Dann sieht die Welt wieder anders aus.«

»Hören Sie, ich bin nicht ... Natürlich, Sie müssen mich für komplett verrückt halten. Ich muß Sie selbstverständlich sofort in Ruhe lassen, bitte entschuldigen Sie die Störung.«

»Schon in Ordnung. Gute Nacht.«

»Gute Nacht. Ich hätte nicht angerufen, wenn in Ihrem Arbeitszimmer kein Licht brennen würde.«

»Was?«

»In Ihrem Arbeitszimmer brennt Licht. Wahrscheinlich haben Sie es versehentlich nicht ausgemacht, aber ich dachte, Sie säßen noch an der Arbeit. Ich wohne in einem der Hochhäuser am Stadtrand, wissen Sie? Von hier überblicke ich die ganze Stadt und sehe bis hinüber zu Ihrer Wohnung.«

»Sie linsen in meine Wohnung? Das ist ja ...«

»Nein, nein, so ist es nicht! Was müssen Sie auch von mir denken! Verzeihen Sie, verzeihen Sie bitte! Ich schwöre Ihnen, daß ich kein Fernrohr besitze, nicht einmal einen Operngucker! Ich sehe nur, ob Sie Licht haben oder nicht.«

»Ach?«

»Ich habe mir das so angewöhnt. Vor dem Schlafengehen werfe ich einen Blick aus dem Fenster und sehe nach, ob bei Ihnen noch Licht brennt. Meistens brennt es noch.«

»Soso.«

»Ja. Aber Sie müssen wirklich nicht denken ... Ich interessiere mich nicht im geringsten für Ihr Privatleben, das würde ich mir niemals erlauben. Aber ich habe alles von Ihnen gelesen, und irgendwann habe ich erfahren, wo Sie wohnen. So ist der Blick aus dem Fenster zu einem Ritual geworden, zu einem Spiel. Ich flehe Sie an, glauben Sie mir!«

»Jaja. Aber heute haben Sie beschlossen, mich mitten in der Nacht anzurufen.«

»Sie haben recht, das ist ganz unmöglich. Ich werde jetzt sofort einhängen. Ich bitte nochmals um Entschuldigung ... Sind Sie Eishockeyfan?«

»Was?«

»Sind Sie Eishockeyfan?«

»Nein.«

»Schade. Sonst hätte ich Ihnen meine Saisonkarte geschenkt, als Wiedergutmachung.«

»Vielen Dank, in Ordnung.«

»Sind Sie sicher, daß Sie sich nicht ein paar Spiele anschauen wollen?«

»Nein, wirklich nicht. Sagen Sie, was ist eigentlich mit Ihnen los?«

»Wie meinen Sie das?«

»Sie sind so aufgeregt und rufen mich mitten in der Nacht an. Wollen Sie mir etwas sagen?«

»Ja. Nein. Ich werde Sie jetzt schlafen lassen. Sie kennen den kleinen Tobi ja gar nicht. Es wird tatsächlich schon hell draußen. Gute Nacht.«

»Halt! Wer ist der kleine Tobi?«

»Tobias Müller. Heute ist er gut einsneunzig groß, aber als wir zusammen zur Schule gingen, war er immer der Kleinste. Deshalb nennen ihn auch heute alle den kleinen Tobi, obwohl er lang und schlaksig ist wie ein Basketballspieler. Er hat jetzt Krebs.«

»Oh.«

»Er hat nur noch einen Monat zu leben, höchstens zwei. Sein Körper ist inwendig schon voller Knoten und Wucherungen, wissen Sie? Wegen der ewigen Chemotherapien und radioaktiven Strahlen sind ihm sämtliche Haare ausgefallen, und das Zahnfleisch blutet und ist bis auf die Kieferknochen geschrumpft.«

»Schrecklich. Wie alt?«

»Sechsunddreißig, genau wie ich. Heute abend bin ich ihm zufällig auf der Straße begegnet, als ich mir kurz vor Ladenschluß eine Tiefkühlpizza besorgte. Ich stand ahnungslos in der Schlange vor der Kasse, als sich eine knochige Hand auf meine Schulter legte. Ich drehte mich um, und da stand der kleine Tobi, lang und dürr und kahl wie eine Gottesanbeterin. Sein Mund lachte zu mir herunter, daß sich die fahlen Lippen über den blutigen Zahnhälsen spannten. Die wimpernlosen Augen hatte er weit aufgerissen, und auf dem Schädel zeichnete sich ein Netz von blauen Adern ab. ›Mensch‹, sagte er, ›wie lange haben wir uns nicht gesehen? Das muß ja Jahre her sein!‹ Ich lachte möglichst unbefangen und fragte, wie es ihm gehe. ›Super, ganz ausgezeichnet‹, antwortete er und schlenkerte mit seinen klapprigen Armen; er habe da ein Mädchen kennengelernt, das er womöglich heiraten werde. Letzte Woche sei er übrigens beim Jazz-Festival in Montreux gewesen. ›Was, du nicht? Etwas verpaßt, mein Lieber, etwas verpaßt! Weißt du was? Nächstes Jahr fahren wir zusammen hin, und dann stelle ich dir meine Monika vor. Und du, beruflich? Jaja, es ist nicht einfach heutzutage, aber wenn einer eine Idee hat, so muß er jetzt damit starten, damit er dann voll da ist, wenn die Konjunktur wieder einsetzt ...‹ So ging das weiter, bis ich endlich bei der Kassiererin angelangt war und meine Pizza bezahlte. Wir versprachen einander gegenseitig die gemeinsame Reise nach Montreux, und Tobi schwor drei-, viermal hintereinander, daß er sich um Hotel und Tickets und so weiter kümmern werde. Endlich mußte auch er seine Einkäufe bezahlen, und ich benützte die Gelegenheit und floh.

Es war mir klar, daß ich den kleinen Tobi sehr wahrscheinlich nicht mehr wiedersehen würde. Bilder aus unserer gemeinsamen Kindheit stiegen in mir hoch – zum Beispiel das Bild von weißen Tennisbällen. Als ich ein kleiner Junge war, waren die Tennisbälle noch weiß. Plötzlich kam der Tag, da wechselten sie die Farbe, und seither sind sie alle gelb. Wieso? Können Sie mir das erklären? Der kleine Tobi hatte immer einen Tennisball in der Hosentasche, einen weißen. Wozu, weiß ich nicht. Jedenfalls spielte er nicht Tennis, und er wollte auch nicht, daß wir damit Fußball spielten. Er hatte einfach einen Tennisball in der Tasche. Während der Schulstunden drückte er daran herum; auf dem Heimweg nahm er ihn hervor und ließ ihn ein paarmal aufspringen, und dann steckte er ihn wieder in die Tasche. Einmal aber, als wir alle zusammen heimwärts liefen, sprang der Ball auf einem Kieselstein seitlich weg, und der große Wolfgang mit dem Silberzahn fing ihn auf und steckte ihn in die Tasche.

›Gib her!‹ sagte der kleine Tobi.

›Dir gebe ich den Ball nicht zurück‹, sagte der große Wolfgang und stocherte mit einem Zahnstocher in seinem Gebiß umher. ›Du bist ja nicht einmal katholisch!‹

›Sicher schon bin ich katholisch!‹ schrie der kleine Tobi. Sein Kinn zitterte, als ob er jeden Moment zu weinen anfangen würde. ›Gib sofort meinen Ball her!‹ Die anderen Buben hielten sich raus.

›Du bist nicht katholisch, Tobi. Du bist ein gottverdammter Zürcher, nicht wahr? Letzten Frühling zugezogen, oder etwa nicht?‹

›Ja schon, aber...‹

›Na also. Du bist ein gottverdammter Zürcher, und Zürcher sind nun mal keine Katholiken, sondern... na, Jungs?‹

›PROTESTANTEN!‹ brüllten alle im Chor, und der große Wolfgang kniff dem kleinen Tobi gutmütig in die Nase.

Natürlich wußten alle, daß Wolfgangs Argumentation auf wackligen Beinen stand; dies um so mehr, als er selber Deutscher war, und niemand war sich so recht sicher, was schlimmer war: einen Deutschen in der Klasse zu haben oder einen Protestanten. Und waren die Deutschen überhaupt katholisch? Nun, bei Wolfgang stellte sich diese Frage nicht, denn er war einen Kopf größer als alle anderen und eine Autorität, die niemand anzuzweifeln wagte. Er hatte immer einen Zahnstocher im Mund, und alle seine Bewegungen waren von einer aufreizenden Langsamkeit, die so manchen Lehrer zur Weißglut treiben konnte. Er war unumstrittener Klassenkönig, und alle waren glücklich, seine Untertanen zu sein. Denn Wolfgang war ein gutmütiger Herrscher, der selber am glücklichsten war, wenn es seinem Volk gutging. Nur selten stach ihn der Hafer, und dann foppte er jemanden wie den kleinen Tobi mit seinem Tennisball. Aber alle wußten, daß Wolfgang den Ball wieder rausrücken würde, allerspätestens, wenn Tobi zu weinen anfing. Er war der Größte und hatte es nicht nötig, Kleine zu quälen. Im übrigen konnte sich niemand erinnern, daß Wolfgang jemals in eine Schlägerei verwickelt worden wäre; denn schon immer waren alle kleiner gewesen als er. Schon als er selber noch klein gewesen war, hatte er es irgendwie geschafft, größer als die Großen zu erscheinen. Vor allem aber war es sein Deutschsein – seine Familie war vor ein paar Jahren aus Hamburg zugezogen –, das ihn mit einem Nimbus der Gefährlichkeit umgab. Ein echter Deutscher, wenn er auch den hiesigen Dialekt akzentfrei beherrschte! Und dann dieser Name: Wolfgang! So hieß man hier nicht. Wer hatte schon einen Namen, in dem ein wildes, gefährliches Tier vorkam?

›Aber ganz bestimmt bin ich katholisch! Gib mir sofort den Ball zurück, du Schwein!‹ Der kleine Tobi zitterte vor Wut.

›Ach, Kleiner, sprich nicht so zu mir, das tut mir weh. Du bist nun mal ein Zürcher und ein Protestant, da kann ich doch nichts dafür.‹

›Nein!‹

›Du wirst es nicht leicht haben im Leben, Kleiner. Ihr Protestanten könnt nicht vögeln, ihr arbeitet euch lebenslang den Rücken krumm, und zum Schluß verbrennt ihr auch noch eure Toten.‹

›Was?‹ Alle waren entsetzt. Leichen verbrennen?

›Das stimmt ja gar nicht!‹ schrie Tobi, obwohl ihm ja eigentlich egal sein konnte, was Wolfgang von den Protestanten behauptete.

›Wenn ich's doch sage!‹ Wolfgang schob den Zahnstocher mit der Zunge vom einen Mundwinkel in den anderen. ›Wir Katholiken begraben unsere Toten in der Erde, wie es sich gehört. Ihr Protestanten aber baut große Backöfen, und da schiebt ihr dann die Oma oder den Opa rein und heizt ein, bis nur noch das Glasauge und die künstlichen Hüftgelenke übrig sind. Sag selbst, Kleiner: Ist das etwa nett? Haben die ehrwürdigen Alten das verdient?‹

›Du bist ein gemeiner Lügner!‹ Tobi ging mit seinen kleinen Fäustchen auf Wolfgang los. Der schloß gelangweilt die Augen, als ob er zu müde wäre, um sich zu wehren, und dann wandte er sich um und hielt dem tobenden Tobi den Rücken hin. Die anderen Buben bildeten einen Kreis um die beiden und brüllten vor Lachen.

›So, jetzt ist es aber genug.‹ Wolfgang wandte sich wieder Tobi zu und brachte dessen fliegende Fäustchen mit einer sachten, schlaksigen Armbewegung zum Stillstand. ›Du bist ein Protestant und bleibst einer, bis du uns das Gegenteil beweist.‹

›Ich werd's euch beweisen! Ich werd's euch beweisen!‹

›Da bin ich aber gespannt. Für mich siehst du ganz genauso aus wie ein Protestant. Oder seht ihr irgend etwas Katholisches an ihm, Jungs?‹

›Nichts!‹ schrien alle begeistert. Tobi stand da in stummem, bebendem Zorn.

›Wenn du ein Jude wärst – das könntest du uns leicht beweisen. Hose runter und raus das beschnittene Zipfelchen! Aber ein Katholik? Wie soll der beweisen, daß er kein Protestant ist?‹

›Ich werd's euch allen beweisen! Ich werd's . . .‹

›Ja doch, ja. Aber wie?‹

›Ihr . . . ihr könnt mich begraben. Ich laß mich von euch beerdigen.‹

Die im Kreis stehenden Buben verstummten schlagartig und sahen zu Wolfgang hin. Der nahm sogar den Zahnstocher aus dem Mund.

›Du meinst, du läßt dich echt begraben?‹

Tobi nickte trotzig.

›In der Erde? Wie ein guter Katholik? In drei Metern Tiefe?‹

Tobi nickte, und so zogen wir los. In den Kellern unserer Väter besorgten wir Schaufeln, Spaten und Pikkel, und dann gingen wir zu der kleinen Lichtung hinter dem Tannenwäldchen, die außer uns niemand kannte.

›Na, dann fangt schon mal an!‹ Wolfgang fläzte sich gelangweilt gegen den Fuß einer mächtigen Tanne, nahm den Tennisball hervor und ließ ihn langsam neben sich über den Waldboden rollen. Tobi hatte einen Pickel mitgebracht. Er rammte die Spitze mit der ganzen Kraft seiner dünnen Ärmchen in die Erde und rief: ›Wolfgang! Hier! Ist es hier richtig?‹

›Aber ja, aber ja!‹

Tobi hob den Pickel hoch über den Kopf und riß ihn nieder, hoch und nieder, hoch und nieder. Nach drei Schlägen konnte er nicht mehr.

›Na, was glotzt ihr so blöd? Helft mir doch!‹

Und so machten sich alle über den Waldboden her, daß die Tannennadeln auf der ganzen Lichtung umherspritzten. Nur Wolfgang blieb liegen, kaute an seinem Zahnstocher und sah unter halbgeschlossenen Lidern hindurch zu. Nach einer Stunde war die Grube zwei Meter lang und einen Meter tief.

›He, Wolfgang! Reicht das?‹

›Hmm?‹

›Ob das reicht!‹

Wolfgang stützte sich mühsam auf die Ellbogen und sah prüfend zur Grube hinüber. ›Drei Meter, ihr Weicheier! Drei Meter haben wir ausgemacht, wie bei einem echten katholischen Begräbnis!‹

Nach zwei Stunden war die Grube anderthalb Meter tief.

›Wolfgang! Wir sind fertig!‹

›Drei Meter!‹

›Das sind drei Meter!‹

›Idioten seid ihr! Ich sehe ja noch jeden einzelnen von euren blöden Köpfen, wie ihr da in der Grube steht! Ihr seid doch nicht etwa drei Meter groß, wie?‹

›Wie tief sind dann drei Meter?‹

›Das Loch ist tief genug, wenn man einen von euch stehend begraben kann und einen anderen gleich noch obendrauf.‹

Und so buddelten alle weiter, den Blasen an den Händen und den brennenden Schultern zum Trotz, und der kleine Tobi war der verbissenste von allen. Nach drei Stunden war die Grube zwei Meter tief.

›Wolfgang! Wir sind fertig!‹

Völlig erschöpft und verdreckt kauerten die Totengräber zuunterst in der Grube, über sich nichts als das blaue Licht des schwindenden Tages. Da tauchte Wolfgangs Gesicht am Himmel auf. Mit einem Blick maß er die Tiefe der Grube aus.

›Ihr seid und bleibt alle zusammen ausgemachte Idioten. Ich hab doch gesagt ... na ja, schon gut. Kommt alle raus – nein, du nicht, Tobi! Dich wollen wir ja beerdigen, nach allen Regeln und Vorschriften der heiligen römisch-katholischen Kirche. Leg dich hin!‹

Der kleine Tobi legte sich am Grund der Grube hin, und Wolfgang warf ihm ein Kruzifix hinunter, das er aus zwei Stöcken und Farn gebastelt hatte. Tobi legte sich das Kreuz auf die Brust, faltete darüber die Hände und schloß die Augen.

›Hört auf, wie die Affen zu brüllen und rumzuhopsen, ihr Idioten!‹ schrie Wolfgang. ›Benehmt euch, wie es sich für eine katholische Trauergemeinde gehört!‹ Da stellten sich alle am Rand des Grabes auf und lauschten ernst, aber gefaßt den lateinisch klingenden Worten, die Wolfgang zu den Tannenwipfeln hoch murmelte. Dann war die Zeremonie zu Ende.

›Totengräber! Waltet eures Amtes.‹ Zögernd stieß der erste seine Schaufel in den Erdhügel neben der Grube. Sachte ließ er den Humus auf Tobis Füße niederrieseln, und wir alle sahen zu. Tobi tat keinen Wank. Eine zweite Schaufel folgte. Eine dritte. Schon bald waren Tobis Füße und Unterschenkel verschwunden, dann die

Knie und die Oberschenkel, die Hüften, der Bauch und die Brust mit dem Kruzifix und den gefalteten Händen. Nichts regte sich in der Grube. Eine Pause entstand.

›Weitermachen!‹ befahl Wolfgang.

Und so fiel die erste Schaufel Erde auf Tobis weiches Kindergesicht, das damals noch rund und rosig war und nichts ahnte von den Qualen der todbringenden Krankheit. Alle schaufelten weiter, bis von ihm kein Haar mehr zu sehen war. Dann entstand wiederum eine Pause; alle stützten sich keuchend auf ihre Schaufeln und sahen fragend zu Wolfgang auf. Dieser sah angestrengt in die Grube hinunter, aber dort war es so ruhig, als ob wir tatsächlich einen Toten begraben hätten.

›Weitermachen!‹

Zentimeter um Zentimeter häufte sich die feuchte Erde auf Tobis kleinem Körper. Stumm arbeiteten die Totengräber weiter, und ich schwöre bei Gott, daß sie die Grube restlos aufgefüllt hätten, wenn Wolfgang nicht plötzlich den Tennisball hineingeworfen hätte.

›Jetzt hört schon auf! Und holt mir den kleinen Idioten da raus.‹

Und dann ließ Wolfgang alle stehen und lief in den Wald hinaus, einsam und alleine wie der allererste Mensch. Hallo? Sind Sie noch da?«

Rot und unbelehrbar fröhlich ging zwischen den Hochhäusern am Stadtrand die Sonne auf. Mein rechtes Ohr schmerzte vom Druck des Telefonhörers, und meine nackten Füße waren eiskalt.

»Ja, ich bin noch da«, sagte ich. »Ich glaube, wir sollten beide noch ein paar Stunden schlafen.«

»Ja. Gute Nacht.«

»Gute Nacht, Wolfgang.«

Das geht dich einen Dreck an

»Hallo?«
»Max, bist du das?«
»Ja. Und du bist Sonja.«
»Ich ... tut mir leid.«
»Was darf's denn diesmal sein?«
»Hör zu, Max. Du mußt mir bitte helfen.«
Sonja und ich pflegten ein schwieriges Verhältnis, und zwar seit langer, langer Zeit. Vor zwanzig Jahren war sie mit ihren Eltern in unsere Stadt gezogen, und der Rektor des Gymnasiums hatte sie eines Morgens in unser Klassenzimmer geführt. Sonja hatte ausgesehen, als ob sie zu Pferd angeritten wäre und ihren Braunen gleich vor dem Klassenzimmer angebunden hätte. Ihre kleinen Brüste hoben und senkten sich wie nach einem scharfen Galopp, und in ihren Augen loderte der Widerschein eines Lagerfeuers. Ich war von der ersten Sekunde an verliebt in sie. Wir waren beide vierzehn. Sonja war schon eine richtige Frau, und ich war ein pickeliges Zwitterwesen; niemals wäre ich auf die Idee verfallen, daß sie je einen Gedanken an mich verschwenden könnte. So vergrub ich meine Liebe und wandte mich faßbaren Dingen zu. In jenem Sommer lernte ich, wie man ein Mofa auf 85 km/h hochfrisiert. Ich lernte, wie man den Briefkasten eines mißliebigen Lehrers mittels Knallkörper in die Luft sprengt. Ich fand heraus, an welcher Stelle der Fluß tief genug ist, daß man von der Eisenbahnbrücke hinunterspringen kann. Ich verdiente

mein erstes eigenes Geld, und zwar im Intercity-Zug Hamburg–Genua, der jeweils für drei Minuten in unserer Stadt hielt. Dann raste ich durch die Waggons und sammelte die leeren Pfandflaschen ein, die den Reisenden zwischen den Füßen umherrollten. Und wenn der Zug anfuhr, riß ich die Tür auf und sprang hinunter auf den Bahnsteig. Das ging damals noch, weil die Türen sich noch nicht automatisch öffneten und schlossen. Einmal allerdings versperrte mir der Sandwichwagen den Weg, und als ich endlich an der Tür war, fuhr der Zug schon mit mindestens 120 Stundenkilometern südwärts. So kam es, daß ich leider nicht dabeisein konnte, als meine Mitschüler sich um 13.45 Uhr in jene seit langem und mit Schrecken erwartete Lateinklausur vertieften. Unser Lateinlehrer Müller, dieser stiernackige Sadist ... Verzeihung, ich schweife ab.

Von meiner Liebe zu Sonja sagte ich niemandem etwas, und tagsüber merkte ich selbst nicht viel davon. Ich streifte mit meinen Freunden durch die Stadt und hielt mich von Mädchen fern und hatte eigentlich eine Menge Spaß. Aber abends, aber nachts, wenn ich das Licht löschte und die Wogen der Sehnsucht kamen und mich forttrugen in eine zartere Welt, in der es weder Pfandflaschen noch frisierte Mofas, noch gesprengte Briefkästen gab ...

So verging der Sommer, der Herbst kam und wich dem Winter, und eines Tages lag der Schulhof unter dreißig Zentimetern Schnee. In der Pause liefen wir alle ins Freie, und die Schneeballschlacht begann. Es war alles genau wie im Winter zuvor und wie in allen anderen vorangegangenen Wintern: Ich wußte, daß der mächtige Minder seine Geschosse mit zweihundert Stundenkilometern abfeuerte und der kleine Schüppbach gerne Kieselsteine in seine Schneebälle einmassierte. Ich wußte auch, daß man sich vor den Mädchen in acht nehmen mußte, wenn sie sich in Banden zusammentaten. Dann trieben sie plötzlich einen einzelnen Jungen vor sich her wie eine Herde wildgewordener Schafe den Schäferhund, brachten ihn zur Strecke und rieben ihn von oben bis unten mit Schnee ein. Es war alles wie immer, bis plötzlich Sonja vor mir stand, keuchend und kampfbereit, mit roten Wangen und einem Schneeball in der Hand. Ihr Haar wehte wie die Mähne eines galoppierenden Pferdes. Ich stand da und starrte ihr fassungslos in die Augen. Ich wollte, daß dieser Augenblick ewig anhalte, und um nichts in der Welt hätte ich den Kampf weiterführen wollen. Da geschah etwas Seltsames: Sonjas Haar hörte auf zu wehen und legte sich sanft auf ihre Schultern. Ihr Gesicht wurde ernst, und aufmerksam sah sie mich an. Ein paar selige Sekunden standen wir einander gegenüber. Dann lachte sie auf, warf mir den Schneeball an die Brust und lief davon, und ich hinterher. Sonja rannte hinüber zu den Kletterstangen, wo das Kampfgetümmel etwas dünner war; dann hoch zur Weitsprunganlage und weiter über die Aschenbahn, an deren Ende ein Hang zum Waldrand hochführte. Sie lief wesentlich schneller als ich. Am Ende der Aschenbahn blieb sie stehen, und als ich heran war, ließ sie sich nach hinten auf den schneebedeckten Hang fallen. Wir waren allein. Sonja lag zu meinen Füßen im Schnee, die Augen erwartungsvoll auf mich gerichtet, und ihre kleinen Brüste hoben und senkten sich unter der Windjacke. Was dann geschah, erzähle ich ungern: Ich griff neben Sonja in den Schnee und rieb ihr gründlich das Gesicht ein.

Sonja hat mir nie verziehen, daß der pickelige Junge, der ich damals war, ihr offenkundiges Liebesgeständnis auf so rohe Art mißachtete. Ich selber ärgere mich heute noch über die einmalige Chance, die der blinde Vierzehnjährige so tölpelhaft verspielte – und auf irgendeine verquere Art mache ich diesen Ärger der armen Sonja zum Vorwurf. Jener Winter vor zwanzig Jahren fand irgendwann ein Ende, und im folgenden Winter waren wir schon fünfzehn und viel zu erwachsen für Schneeballschlachten. Sonja und ich wurden von Jahr zu Jahr größer und klüger, unsere Lehrer wurden von Jahr zu Jahr kleiner und dümmer, und eines schönen Herbsttages war es soweit: Wir ließen das Gymnasium hinter uns und zogen in die nächste Universitätsstadt, ohne uns noch einmal umzusehen. Sonja zog ostwärts, ich westwärts. Wir verloren einander für ein paar Jahre aus den Augen – bis wir fast gleichzeitig in unsere Heimatstadt zurückkehrten. Sonja heiratete wenig später, und zwar ausgerechnet meinen besten Freund Thomas. Ich war Trauzeuge und durfte mit der Braut tanzen, es war ein schönes Fest, und ein gutes Jahr später bekam Sonja ein Söhnchen, und Thomas setzte mich als Taufpaten durch. Aber Sonja und ich konnten nicht anders, als unsere zarte Feindschaft weiter zu pflegen. Wieviel Thomas von alldem ahnte, weiß ich nicht. Von mir jedenfalls hatte er nie etwas erfahren; als Vierzehnjähriger hätte ich mich lieber vierteilen lassen, als meine Niederlage einzugestehen. Und später – im Ernst: Warum hätte ich meinem besten Freund eröffnen sollen, daß seine Frau meine erste Liebe und meine erste große Niederlage war?

»Max, du mußt mir helfen. Thomas ist weg.«
»Weg?«
»Spurlos verschwunden.«
»Wie lange schon?«

»Zwei Stunden.«

»Zwei Stunden? Das klingt nicht sonderlich besorgniserregend, finde ich.«

»Ich weiß, du mußt mich für hysterisch halten. Aber Thomas hat sich heimlich aus dem Haus geschlichen, nachdem er den Kleinen zu Bett gebracht hatte.«

»Und?«

»Er hat sich ohne ein Wort aus dem Haus geschlichen, Max. So was tut er doch nicht. Hat sogar die Tür offengelassen, damit ich ihn nicht weggehen höre.«

»Thomas ist ein erwachsener Mann, weißt du. Er wird noch irgendwas besorgen. Kaffee für morgen früh vielleicht, oder einen Brief einwerfen.«

»Ich mache mir Sorgen, Max. Irgend etwas stimmt nicht mit ihm.«

»Oder er trinkt irgendwo ein Bier.«

»Geh ihn suchen, ich bitte dich.«

»Wart mal bis zur Sperrstunde. Dann wird er schon wieder heimkommen.«

»Du bist sein bester Freund. Du wirst ihn finden.«

»Er wird schon nicht in die Fremdenlegion abgehauen sein.«

Ich hatte nicht die geringste Lust, jetzt noch Schuhe und Mantel anzuziehen und in der Stadt nach Thomas zu fahnden. Draußen war es dunkel und Herbst und bereits halb elf Uhr abends, und die Straßenlampe vor meinem Fenster schwankte über regennassem Kopfsteinpflaster.

»Ich bitte dich, Max. Du weißt, daß mir das nicht leichtfällt.«

»An deiner Stelle würde ich im ›Ochsen‹ anrufen. Dort wird er sitzen und ein Bier trinken.«

»Meinst du?«

»Ruf halt an.«

»Das geht nicht. Ich rufe meinen Mann doch nicht in der Kneipe an. So weit sind wir noch lange nicht.«

»Dann laß es bleiben und geh zu Bett. Er wird schon von allein nach Hause kommen.«

»Bitte, Max. Ich bin wirklich in Sorge.«

»Na gut.«

Thomas war tatsächlich im »Ochsen«. Er stand allein ganz zuhinterst am Tresen, eingeklemmt zwischen der Wand und dem Plexiglaskasten mit den belegten Brötchen. Das war die Einzelgängerecke, das Plätzchen, das einer einnahm, wenn er in Ruhe gelassen werden wollte. Er hatte einen Bleistift mit der Spitze nach oben auf den Tresen gestellt und versuchte einen Bierdeckel obendrauf in Balance zu bringen. Der Bleistift fiel um, wahrscheinlich zum hundertsten Mal, und Thomas nahm den Stift und stellte ihn wieder auf. Ich betrachtete seine breiten Schultern, sein starkes Kinn und sein sanftes Lächeln, und ich mußte zugeben, daß er ein schöner Mann war. Ich zwängte mich zu ihm in die Einzelgängerecke und hieb ihm auf die Schulter, daß der Bleistift leise klimpernd umfiel.

»Grüß dich«, sagte Thomas, ohne sich umzusehen. »Lange nicht gesehen.«

»Ja«, sagte ich. »Ich habe gedacht, ich schaue mal vorbei.«

Ich bestellte zwei Bier. Als die Kellnerin ans andere Ende des Tresens zum Zapfhahn lief, betrachteten wir ihren Hintern.

»Hübscher Hintern«, sagte Thomas.

»Sehr hübscher Hintern.«

Das war Männerdiplomatie. Thomas ahnte offenbar,

daß ich nicht zufällig und absichtslos hergekommen war. Jetzt mußten die Formalitäten erledigt werden, bevor wir zur Sache kommen konnten. Thomas wandte sich wieder seinem Bleistift und dem Bierdeckel zu. Er war schwer konzentriert und schien mich gänzlich vergessen zu haben.

»Darf ich auch mal?«

Thomas zog einen zweiten Bleistift aus der Westentasche und gab ihn mir, und dann spielten wir ein paar Minuten in brüderlichem Schweigen. Als mein Bleistift zum fünfundzwanzigsten Mal umfiel, war die Schonfrist abgelaufen.

»Weißt du, wer mich vorhin angerufen hat?«

»Hmm.« Das konnte »Ja« heißen oder »Nein« oder »Laß mich in Ruhe«.

»Sonja.«

»Ach?« Thomas grinste. »Habt ihr euch wieder gestritten?«

»Nein.«

»Möchte nur wissen, was eigentlich mit euch beiden los ist. Einzeln genommen seid ihr doch gar nicht so übel. Jeder für sich, meine ich.«

»Was soll schon los sein. Wir sind alte Freunde.«

»Ja. Das sagt Sonja auch.«

Unsere Biergläser waren leer. Wir bestellten zwei neue und gafften der Kellnerin hinterher.

»Ein wahrhaft königlicher Hintern.«

»Festlich-elegant und freundlich wie ein lauer Sommerabend.«

»Ein richtiger Fünfziger-Jahre-Hintern.«

»Ein Cadillac.«

»Hätte nicht gedacht, daß solche Hintern heute noch gebaut werden.«

Wir wandten uns von der Kellnerin ab und nahmen das Bleistiftspiel wieder auf.

»Ich möchte doch zu gern wissen, was eigentlich mit dir und Sonja los ist«, sagte Thomas.

»Laß gut sein. Nichts ist mit uns los.«

»Trotzdem. Ich würd's eben gern wissen.«

»Das geht dich einen Dreck an.«

Erstaunt sah mich Thomas von der Seite an – ich war auf dem heiklen Parkett der Männerdiplomatie ausgerutscht. Um meinem Ausrutscher die Schärfe zu nehmen, sagte ich gleich nochmals: »Das geht dich einen Dreck an.«

Wir spielten weiter mit den Bleistiften und den Bierdeckeln. Irgendwann sagte ich: »Sonja macht sich übrigens Sorgen um dich.«

»Ach?«

»Sie hat gesagt, ich soll dich suchen.«

»Und was hast du gesagt?«

»Daß du ein großer Bub bist und den Heimweg schon alleine finden wirst.«

»Hm.«

»Sie meint, daß etwas los sei mit dir. Weil es nicht deine Art sei, einfach so von zu Hause abzuhauen.«

»Abgehauen! Ich trinke hier ein Bier, bitte. Und überhaupt geht dich das einen Dreck an.« Das war die Retourkutsche. Jetzt waren wir quitt.

»Heute haben der Kleine und ich zum ersten Mal zusammen Fußball gespielt«, sagte Thomas. »Im strömenden Regen, verstehst du? Haben die Gummistiefel angezogen und sind hinaus in den Stadtpark gegangen.«

»Hmm«, sagte ich.

»Ich meine, es war das erste Mal überhaupt, daß der

Kleine und ich zusammen Fußball gespielt haben, verstehst du?«

»Ja«, sagte ich. »Verstehe. Vater und Sohn.«

»Genau. Wir haben Fußball gespielt, bis es dunkel war und wir den Ball nicht mehr sehen konnten. Das hat Spaß gemacht.«

»Hmm.«

»Wir sind nach Hause zu Sonja gelaufen, und dann haben wir alle drei zusammen gegessen, und ich habe den Kleinen zu Bett gebracht. Entschuldige, ich muß mal.«

Thomas verschwand, und ich wußte, daß wir jetzt bald zur Sache kommen würden. Die Kellnerin rief die Polizeistunde aus, ich bezahlte für Thomas und mich, und dann war er wieder da.

»Verstehst du, ich habe den Kleinen zu Bett gebracht. Wir haben die Zähne geputzt und über Kreuz in die Kloschüssel gepinkelt und so weiter, und dann habe ich ihn ausgezogen.« Thomas legte mir eine Hand auf die Schulter. »Ich habe ihm den Pullover ausgezogen und das Hemd und die Hose und die Socken. Und weißt du was?«

»Was?«

»Seine Socken stanken gottserbärmlich nach Fußschweiß.«

»Ja, und?«

»Ich meine, die Socken meines dreijährigen Sohnes stanken nach Fußschweiß. Hast du gewußt, daß Dreijährige schon Fußschweiß haben?«

»Nun«, sagte ich vorsichtig, »wenn einer den ganzen Tag in Gummistiefeln rumrennt ...«

»Du verstehst mich nicht. Ein Baby hat keinen Fußschweiß und keinen Mundgeruch, es stinkt nicht unter den Achseln und auch nicht am Hintern, weder am Bauch noch am Rücken, sondern nirgends und niemals. Nie. Babys stinken einfach nicht, verstehst du? Und plötzlich kommt der Tag, da fangen sie an zu stinken wie die Großen.«

Die Kellnerin stellte unsere halbleeren Gläser weg und begann ungeduldig den Tresen zu putzen.

»Und darüber bist du so erschrocken, daß du ohne Sinn und Verstand hinaus in die Nacht laufen mußtest?«

»Das geht dich einen Dreck an.«

Thomas und ich machten uns auf den Heimweg. Es hatte aufgehört zu regnen, und kalte Wintersterne blinkten zu uns herunter.

»Es wird bald schneien«, sagte Thomas.

»Hmm«, sagte ich. »Weißt du eigentlich, daß ich Sonja einmal das Gesicht mit Schnee eingerieben habe?«

»Nein. Wann?«

»Vor zwanzig Jahren. Eigentlich geht's dich ja einen Dreck an. Ich hätte sie küssen sollen, aber ich war zu blöd dazu und habe ihr das Gesicht mit Schnee eingerieben.«

»Ach so«, sagte Thomas.

Champagner im freien Fall

Zu Sandras Zeit lebte ich in einer Wohnung, von der mein Freund Thomas sagte, sie gleiche Österreich. Österreich bestehe im wesentlichen aus Wien, die Alpen nicht eingerechnet. Und meine Wohnung bestehe im wesentlichen aus einem Flur, die winzige Schlafkammer, die winzige Küche und die Toilette nicht eingerechnet. Mein Freund Thomas hatte recht: Der Flur war wirklich riesig, vielleicht ebenso groß wie die übrigen Räumlichkeiten zusammengenommen; ein wahrhaft königliches Entree, das in starkem Kontrast stand zur Ärmlichkeit meiner übrigen Behausung.

Diese merkwürdigen Proportionen gingen zurück auf längst vergangene Zeiten. Während nämlich Österreich nach dem Ersten Weltkrieg eine Menge Land verlor und Wien zum Wasserkopf geriet, amputierte man meinem Flur das Hinterland nach der Kriegsmobilmachung im September 1939. Damals war mein Flur noch das Zentrum einer stolzen bürgerlichen Vierzimmerwohnung im Erdgeschoß; darin wohnte ein verwitweter Coiffeur, der in der Altstadt einen Salon betrieb. Nach der Mobilmachung gingen die Geschäfte schlecht – die Männer standen an der Grenze oder ließen sich die Köpfe in der Kaserne scheren, und die zu Hause gebliebenen Frauen hatten kein Geld. Im Winter 1940/41 mußte der Coiffeur den Gürtel enger schnallen. Er entließ seinen Gehilfen, kündigte das Lokal und richtete den Salon neu in den vorderen drei Zimmern seiner

Wohnung ein. Der Mann soll sich noch vor der Bombardierung Dresdens erhängt haben, in meiner Schlafkammer übrigens ...

Mitte der sechziger Jahre übernahmen zwei zwanzigjährige Zwillingsschwestern den Coiffeursalon. Sie waren blond und hatten beide dieselbe lustige Ponyfrisur und verbreiteten tagein, tagaus Fröhlichkeit, womit sie bei der Kundschaft gut ankamen. Gleich nach der Geschäftsübernahme besiegelten die Zwillinge die Austrianisierung meiner Wohnung, indem sie die Türen vom Flur zum Salon hin vernagelten und einen separaten Eingang vom Treppenhaus her in die Mauer brachen. Das Vorkriegsmobiliar mußte orangefarbenen Stühlen und Schränken weichen, die erloschenen Tapeten wurden mit sonnenblumengelber Lackfarbe überstrichen, auf den Parkettboden kam eine lindengrüne Linoleumschicht.

In den folgenden zwanzig Jahren beließen die zwei Schwestern alles, wie es war: Sie heirateten nicht, sie zogen nicht in eine größere Stadt, sie strichen den Salon nie mehr neu und ließen das Mobiliar nicht auswechseln. Sie behielten auch ihre lustigen Ponyfrisuren – wenngleich sie einander schon bald gegenseitig die Haaransätze blond nachfärbten – und verbreiteten weiterhin lauter Fröhlichkeit. Und doch hinterließ die Zeit ihre Spuren: Die Zwillinge lachten und plauderten zwar wie eh und je rund um die Uhr, aber mit den Jahren mischte sich in das Gelächter eine gewisse Säuerlichkeit – eine Säuerlichkeit, entstanden bei der Gärung enttäuschter Hoffnungen und verletzter Eitelkeiten. Diese Säuerlichkeit wurde um so sichtbarer, je dünner und durchsichtiger die Masken unbeschwerter Jugendlichkeit wurden. Sie durchdrang von innen die Gesichter der zwei Schwestern und zog langsam, aber stetig die lachenden Mundwinkel nach unten. Auch an ihrem vierzigsten Geburtstag war der Kampf zwischen Fröhlichkeit und Säuerlichkeit noch nicht entschieden; die zwei Schwestern waren immer noch hübsch anzuschauen mit ihren aerobictrainierten Körpern und den backfischhaften Ponyfrisuren. Immer stärker aber durchmischte sich der Wohlgeruch ihrer jugendlichen Körper mit der Säuerlichkeit ihrer Herzen. Dieses Gemisch war schlimmer als reine, unverdünnte Säuerlichkeit – so wie parfümierter Achselschweiß übler ist als naturbelassener.

Mitte der achtziger Jahre stieg an einem bitterkalten Januarmorgen ein portugiesischer Fremdarbeiter in einen Eisenbahnwagen zweiter Klasse, um nie mehr wiederzukehren, und ich nahm noch vor der Abenddämmerung seinen Platz in jener Wohnung ein, die Österreich glich und hinter dem sonnenblumengelben Coiffeursalon lag.

Wir verstanden uns vom ersten Tag an bestens, meine neue Wohnung und ich. Wir zollten einander den Respekt, den wir aufgrund unserer strahlenden Vergangenheit verdienten, und sahen beide großmütig über die kleinen Unzulänglichkeiten des anderen hinweg. Meine Wohnung vergab mir meine Nachlässigkeit in Haushaltsangelegenheiten, und ich verzieh ihr, daß sie sich hatte beschneiden lassen.

Wir hatten auch einen gemeinsamen Feind, meine Wohnung und ich. Das war der Coiffeursalon. Meine Wohnung erhob natürlich Anspruch auf ihre verlorenen

Territorien, und ich stand im kalten Krieg mit den zwei säuerlichen Coiffeusen. Die beiden unermüdlich fröhlichen Schwestern warfen mir wortlos und mit stummen Blicken der Verachtung Unordentlichkeit, Jugend und lange Haare vor. Ich für meinen Teil hatte den Zwillingen weiter nichts vorzuwerfen als ihre Säuerlichkeit – aber das reichte aus für lebenslange Feindschaft.

Im Alltag drehte sich der Streit meist um die Toilette: Seit Jahrzehnten war es nämlich Gewohnheitsrecht, daß Personal und Kundschaft des Salons das Klosett benutzen durften, das meinem königlichen Flur als Hinterland geblieben war. Das brachte es zunächst mit sich, daß ich meinen Flur nicht verriegeln durfte und also über die Hälfte meines Territoriums zum Niemandsland verkam. Das hatte aber auch ewige stumme Streitereien zur Folge mit den säuerlichen Schwestern um ungeputzte Kloschüsseln, um Schneematsch auf dem Fußboden, um verbrauchtes und nicht ersetztes Klopapier. Es bedeutete weiter ein stetes Kommen und Gehen lockengewickelter Greisinnen, die in meinem Flur den beißenden Geruch von Dauerwellenmittel zurückließen; vor allem aber bedeutete es, daß mein kleines Reich von morgens acht bis abends um sieben erfüllt war von den schrecklichsten Geräuschen: dem Flüstern von Nylonröcken und fleischfarbenen Strumpfhosen, dem Rieseln und Platschen sich entleerender Därme und Blasen, dem Ächzen und Stöhnen hämorrhoidengeplagter Wesen, der Spülung und, vor allem, dem Gequatsche, dem Gequatsche, dem Gequatsche einander im Flur begegnender Kundinnen.

Nach gut einjährigem Grabenkampf war eines Morgens alles anders. Beim Aufwachen merkte ich, daß das Kassettengerät jenseits der zugenagelten Tür nicht mehr die Les Humphries Singers spielte, sondern ›Purple Rain‹ von Prince. Ich stand auf, zog mich an und trat vorsichtig auf den Flur hinaus. In dem Moment wurde die Spülung gezogen, die WC-Tür ging auf, und eine fremde junge Frau erschien. Sie war nicht fröhlich, aber auch nicht säuerlich. Die Frau war keine Kundin. Denn erstens war sie jung, zwanzig vielleicht, höchstens zweiundzwanzig, und die Zwillinge hatten schon längst keine junge Kundschaft mehr. Und zweitens trug sie eine orange Schürze, genau wie die zwei säuerlichen Schwestern.

»Guten Tag, ich bin Sandra – ich habe den Coiffeursalon übernommen.«

War also wahr geworden, was ich nie für möglich gehalten hatte! Was mochte die Zwillinge bewogen haben, das Feld zu räumen? Unfalltod? Konkurs? Plötzliches Ableben wegen Übersäuerung? Nicht mehr erhoffte Doppelhochzeit? Egal – ich genoß den historischen Moment und drückte der jungen Frau die Hand. Sandra war klein, hatte blondes Kraushaar und eine große, runde Brille. Mit dem rechten Auge schien etwas nicht in Ordnung zu sein. Jemand hatte ihr über das eine Brillenglas eine weißliche, vertikal gerippte Folie geklebt. Die orange Schürze und ihre Hände waren voller weißer Farbe.

»Sie ... Sie streichen den Salon?« fragte ich.

»Ja, äh, er ist so schrecklich gelb, wissen Sie?«

»Ja, ich weiß.« Ich dachte einen Augenblick nach. »Soll ich Ihnen ein wenig zur Hand gehen?«

Und so tilgten Sandra und ich binnen drei Tagen jede sonnenblumengelbe Spur der säuerlichen Schwestern. Wir spachtelten und schliffen und pinselten, bis der ganze Salon in makellosem Weiß strahlte. Es war am frühen Nachmittag des dritten Tages, als Sandra »So, äh, fertig« sagte. Darauf fuhr ich wieder einmal für eine Vorlesung zur Universität, und als ich abends nach Hause kam, stand Sandra in meinem Flur mit einer giftiggrünen, dickbauchigen Flasche, auf deren Etikett faustgroß eine Erdbeere prangte.

»Ich habe gedacht, wir könnten, ich habe hier ... als Dank für Ihre Hilfe.«

Ich führte Sandra in die Küche. In meiner Schlafkammer stand nichts als ein Bett und ein Büchergestell, und daneben blieb so wenig Raum, daß wir beide kaum im Stehen Platz gehabt hätten.

»Die Küche kann man nicht heizen«, sagte ich, »es wird vielleicht kühl werden.« Es war Februar, das Radio hatte Außentemperaturen von minus zwanzig Grad gemeldet, und am Küchenfenster zog es eisig durch die Ritzen.

Sandra hüstelte. »Wir könnten vielleicht ... der Backofen ... die Flammen vom Gas ... das gibt ein wenig warm ...«

Ich zündete den Backofen an und ließ die Klappe offen. Heiße, verbrannte Gasluft flimmerte zur Decke empor. Ich nahm zwei Gläser aus dem Regal, wir setzten uns an den Küchentisch, und Sandra schenkte ein.

»Was ist denn da drin in der Flasche?«

»Erdbeerlikör. Aus Polen. Geschenk einer Kundin.«

»Verstehe.«

»Die bringt mir jedesmal eine Flasche mit. Ich ... ich kann da nichts machen.«

»Vielleicht hat sie Verwandte in Polen.«

»Vielleicht. Die Leute schenken einem die seltsamsten Sachen, wissen Sie?«

Sandra lächelte, ich lächelte zurück. Nach dem dritten Glas Erdbeerlikör hielt ich einen Arm in die Höhe und sagte: »Der Backofen heizt ja ganz schön, aber nur an der Decke oben. Hier unten bleibt es eiskalt.«

»Ja, klar«, sagte Sandra. »Weil die warme Luft steigt und die kalte unten bleibt. Wir könnten ja, ich meine, wenn wir wollen, die Stühle auf den Tisch ...«

Wir stellten die Stühle auf den Tisch und setzten uns obendrauf. Die nackte Glühbirne baumelte zwischen unseren Köpfen. Hier oben war es tatsächlich stickig heiß. Ich zog Jacke und Pullover aus; Sandra behielt ihre Schürze an. Wir stießen an und tranken schweigend. Nach einer Weile sagte sie: »So, ich muß jetzt gehen«, und ging. Den Erdbeerlikör ließ sie auf dem Küchentisch stehen.

Sandra und ich gewöhnten uns aneinander. Zwei- oder dreimal pro Woche stand sie abends in meinem Flur. Dann warf ich den Backofen an und stellte zwei Stühle auf den Küchentisch, und dann setzten wir uns unter die Küchendecke, von der die Farbe abblätterte, tranken polnischen Erdbeerlikör und aßen Rohschinken mit Weißbrot.

Eines Abends aber war alles anders. Sandra brachte keinen Erdbeerlikör, sondern eine Flasche Champagner mit. Es war Ende März; draußen war es frühlingshaft warm, und in den Straßen war der gefrorene Gestank eines langen Winters aufgetaut. Nur in meiner Küche herrschte immer noch dieselbe Kälte wie im tiefsten Januar.

»Gibt's nichts mehr von dem klebrigen Zeug?« Ich stellte die Stühle auf den Tisch.

»Erdbeerlikör? Heute nicht.« Sandra rieb sich mit dem Mittelfinger über das verklebte rechte Brillenglas.

»Der Champagner, das ist, weil…, ich habe heute etwas zu feiern.«

»Was denn?«

»Ach, äh, also, ich«, sagte Sandra, während sie auf ihren Stuhl kletterte. Sie schien verlegen. Ich kletterte ebenfalls hinauf.

»Ich habe Geburtstag.« Ich gratulierte, Sandra lächelte die Champagnerflasche an, und dann versuchte sie hoch oben auf unserer Pyramide aus Tisch und Stühlen die Flasche zu entkorken. Dabei aber glitt ihr die Flasche aus der Hand, knallte gegen mein Knie, stürzte auf den Tisch und zerschellte auf dem Küchenboden.

»Oh, ich, wie ungeschickt, Entschuldigung.«

Wir stiegen beide hinunter auf den Küchenboden und standen uns mit Besen und Putzlappen gegenseitig im Weg, bis Sandra »Ach, bitte lassen Sie doch« sagte und mir den Putzlappen wegnahm. Nach fünf Minuten glänzte der Fußboden, wie er es wahrscheinlich seit dem Zweiten Weltkrieg nicht mehr getan hatte. Ich nahm zwei Bier aus dem Kühlschrank. Dann bestiegen wir wieder unsere Stühle auf dem Küchentisch und aßen Rohschinken und Weißbrot.

Es war schon dunkel, als die nahe Kirchturmuhr acht Uhr schlug. Sandra warf einen schnellen Blick auf ihre Armbanduhr und stieg von Stuhl und Tisch. »Ich muß gehen. Tschüs.«

Zum Küchenfenster hinaus schaute ich ihr nach, wie sie mit ihrem japanischen Kleinwagen losfuhr. Sandra fuhr ziemlich schnell – ungefähr so schnell, wie eine Champagnerflasche dem Küchenboden zufliegt. Auf dem Heimweg prallte ihr Wagen mit hundertzwanzig Stundenkilometern auf gerader Fahrbahn gegen den Pfeiler einer Autobahnüberführung. »Mutmaßlich wegen überhöhter Geschwindigkeit die Kontrolle über das Fahrzeug verloren«, wie die Kantonspolizei später mitteilen sollte. Das Auto war vom Pfeiler zurückgeprallt und lag auf dem Dach in einer Wiese. Das Tonbandgerät tief im verbogenen Blech spielte unablässig und sehr laut »Prince and the new Power Generation«, und die Automatik wendete die Kassette wieder und wieder, während die Feuerwehrmänner sich mit ihren Schneidbrennern an der Karosserie zu schaffen machten. Fast eine Stunde hat es gedauert, bis sie Sandra gefunden haben, klein und zerquetscht und tot im Hohlraum zwischen Gaspedal und Armaturenbrett. Ein Feuerwehrmann fand endlich den Lautstärkeregler und drehte die Musik ab.

Elvis

»Was soll das heißen: echte Elvis-Schuhe?« fragte ich.
»Echte Elvis-Schuhe halt!« schnauzte Elvis. »Noch nie etwas von Elvis Presley gehört?«
»Jaja, der King, ich weiß. Aber diese Schuhe – warum Elvis-Schuhe?«
»Bist du blöd oder was? Ich hab gemeint, du seist Student! Jetzt sag ich's dir ganz langsam: Ech-te El-vis-Schu-he! Elvis-Schuhe!«

Verloren in der unermeßlichen Weite der Migros-Lagerhalle Neuendorf saßen Elvis und ich auf unseren Gabelstaplern, die wir nebeneinander geparkt hatten. Wir wärmten die Hände an hellbraunen Plastikbechern und tranken schwarzes, heißes Wasser. Der Kaffeeautomat war auf Lenkradhöhe am Liftschacht festgeschraubt, so daß wir während der Pause nicht abzusteigen brauchten.

»Elvis-Schuhe, aha. Du meinst, diese Schuhe da hat Elvis Presley selbst getragen?«
»Genau.«
Ich musterte Elvis von der Seite. Sein mächtiger Unterkiefer mahlte düster, die gewaltigen Bodybuilder-Muskeln spannten sich vom Nacken über die Schulter bis zum Unterarm; gleich würde er den Kaffeebecher zwischen den Fingern zermalmen. Elvis hatte blauschwarzes, mit Brillantine zurückgekämmtes Haar. Wahrschein-

lich war es gefärbt; seine Brauen jedenfalls waren weiß, genauso wie die Haut seiner Unterarme, und unter wimpernlosen Lidern blickten wasserblaue Augen ins Leere. Auf dem Bauch trug er eine dicke silberne Gurtschnalle, in die ein Cowboyhut, zwei gekreuzte Gewehre und ähnliche Dinge eingraviert waren. Darin glänzte ein Sonnenstrahl, der sich zu uns herunter ins Halbdunkel verloren hatte. Ich schaute nach, woher er kam. Das Sonnenlicht durchschnitt auf seinem Weg durch die Lagerhalle Galaxien tanzenden Staubs und verschwand in unsagbarer Höhe an milchigweißem Fensterglas. Gleich dahinter mußte der Himmel anfangen, und dort irgendwo war wohl die Sonne.

»Diese Schuhe da hat Elvis Presley an den Füßen gehabt?«

»Jaaahh.«

»Elvis, du spinnst.«

»Arschloch.«

»Das ist doch unmöglich!«

»Arschloch.«

»Auf keinen Fall sind das echte Elvis-Schuhe!«

»Echte Elvis-Schuhe! Arschloch!«

Ich seufzte und fuhr mir mit Daumen und Mittelfinger über die Augenbrauen. Was hatte Elvis nur gegen mich?

»Du bist ein Depp, Elvis.«

»Und du ein Studi-Bubi.«

»Man hat dich hereingelegt. Das sind ganz normale Westernstiefel aus dem Kaufhaus.«

»Studi-Bubi, Studi-Bubi!«

»Keine 150 wert.«

»Studi-Bubi!«

In diesem Moment leuchtete der Liftknopf auf. Das

bedeutete, daß jemand von der Administration zu uns herunter in die Halle fuhr. Wahrscheinlich der Hugentobler. Es war schon zweiundzwanzig Minuten nach neun Uhr, die Pause seit sieben Minuten vorüber. Wenn uns der Hugentobler jetzt hier erwischte, würde uns der Lohn um eine Viertelstunde gekürzt. Elvis und ich warfen unsere Plastikbecher in den Eimer neben dem Kaffeeautomaten und fuhren auseinander.

»Studi-Bubi!« rief er mir über die Schulter noch einmal nach.

Elvis hatte recht. Ich war ein richtiger Studi-Bubi: gerade zweiundzwanzig Jahre alt, klapprige 190 Zentimeter hoch mit einem pickeligen Gesicht obendrauf, Student der Geschichte und Ethnologie im dritten Semester mit der Neigung, anderen Leuten zu erklären, was echte Elvis-Schuhe sind und was nicht. Ich war wirklich ein Studi-Bubi, da hatte Elvis schon recht. Aber war ich deshalb gleich ein ...? Ein klein wenig übertrieb Elvis nun doch, fand ich. Immerhin war ich Werkstudent und fuhr in den Semesterferien Stapler im Migros-Verteilerzentrum Neuendorf. Das war doch schon etwas, oder nicht?

Ich fuhr hinüber zum Bahngleis, das von draußen in die Halle führte. Auf mich warteten drei Güterwaggons voller Toilettenpapier. Jeden Morgen um neun Uhr standen hier drei Güterwaggons, die ich entladen mußte. Das säuberlich auf Paletten gestapelte Toilettenpapier mußte ich Tag für Tag korrekt im Hochregal ablegen und dann zu den Rampen am anderen Ende der Halle fahren. Dort warteten die Lastwagen, welche die Migros-Supermärkte der halben Schweiz mit Lebenswichtigem versorgten.

Hin und wieder empfand ich die ungeheure Verantwortung, die auf meinen Schultern lastete: Falls ich streiken oder sterben oder sonstwie versagen würde, entstände schon Stunden später in der ganzen Deutschschweiz akuter Mangel an WC-Papier. Vor den Supermärkten würden sich Menschenschlangen bilden, auf dem Schwarzmarkt würde WC-Papier couponweise zu astronomischen Preisen gehandelt – und welche Tragödien sich hinter 100 000 verriegelten WC-Türen abspielen würden, ließ sich nur erahnen.

Auf der Laderampe beim Gleis stieg ich vom Stapler und ging auf die drei Güterwaggons zu. Ein Blick auf den Lieferschein sagte mir, daß heute wieder einmal die Qualität »Dreilagig-Seidenweich-Blütenzart« fällig war. Nichts war so unangenehm wie »Dreilagig-Seidenweich-Blütenzart«. Denn dieses WC-Papier war nicht nur dreilagig und seidenweich und blütenzart, sondern auch Coupon für Coupon mit Aprilfrische parfümiert. Diese Aprilfrische bohrte sich mir wie eine doppelte Faust zehntausendfach multipliziert in die Nüstern, sobald ich die Waggons öffnete; nach einer halben Stunde war mir jedesmal speiübel, und wenn ich abends nach Hause kam, rochen meine Haare und meine Kleider nach Aprilfrische, und auf der Zunge ätzte der Geschmack von Aprilfrische.

Ich ging zum ersten Waggon, entfernte die Plombierung und versuchte die Schiebetür zu öffnen. Ich riß und zog und zerrte am dafür vorgesehenen Hebelarm, aber das kalte Eisen tat keinen Wank, ebensowenig wie die übrigen Stangen und Bolzen, welche die Tür versperrten. Ich kannte das: Meine klapprigen Studentenarme waren nicht für solche Dinge geschaffen. Elvis kannte das auch, denn immer in solchen Fällen rief ich ihn zu Hilfe.

Ich schwang mich auf meinen Stapler und fuhr los, um im staubigen Halbdunkel der Halle nach ihm zu suchen. Es wäre natürlich aussichtslos gewesen, ganz ohne Anhaltspunkt in den endlosen Schluchten der Hochregale umherzukurven; aber ich wußte, daß Elvis im Rayon »Waschmittel und Seife« arbeitete. Nach menschlichem Ermessen mußte er irgendwo zwischen den Lastwagenrampen und den Waschmittel-Hochregalen unterwegs sein. Ich fand ihn bei »Total-Ultraweiß«. Den Stapler hatte er ganz hochgefahren, und die Gabel zog in zehn Metern Höhe gerade eine Palette Waschpulver aus dem Regal.

»Entschuldige ... es ist wieder einmal soweit.«

» ... «

»Elvis?«

»Arschloch.« Er sagte wirklich auffällig häufig Arschloch zu mir. Mehr, als ich es verdient hatte, ganz objektiv gesehen.

»Kannst du schnell rüberkommen, wenn du einen Moment Zeit hast? Ich kriege den Waggon nicht auf.«

Elvis schnaubte. »Studi-Bubi.«

»Danke.« Ich wußte, daß er kommen würde.

Stolz wie ein Inkakönig stieg Elvis vom Stapler. Er würdigte mich keines Blickes, als er auf den ersten der drei Güterwaggons zuschritt.

»Die Plombierungen habe ich schon abgenommen«, sagte ich schnell.

Elvis streifte mich mit einem Blick grenzenloser Abscheu. Warum nur verachtete er mich so? Dabei mochte ich ihn doch – wie ist es möglich, daß einer einen nicht mag, den man mag?

Elvis faßte den Hebelarm sanft zwischen Daumen

und Zeigefinger, drehte und hob ihn ein wenig, spazierte damit am Waggon entlang, als ob er ein kleines Mädchen an der Hand in den Kindergarten begleiten würde, und schon stand die Schiebetür weit offen. Eine Wolke Frühlingsfrische rollte über uns hinweg, während Elvis die anderen beiden Waggons aufmachte.

»Danke.« Elvis schwang sich auf seinen Stapler und fuhr weg in Richtung »Total-Ultraweiß«.

Den Rest des Morgens sah ich ihn nicht mehr. Ich lud meine drei Waggons »Dreilagig-Seidenweich-Blütenzart« aus. Gegen elf Uhr war ich grün im Gesicht. Um halb zwölf war ich fertig mit Ausladen. Um zwanzig vor zwölf fuhr ich mit dem Lift in die Kantine hoch zum Mittagessen. Es gab Fleischroulade mit Spätzli und einem grünen Salat.

Am Nachmittag führte ich WC-Papier zu den Lastwagenrampen. Die Aprilfrische lag auch jetzt noch in der Luft, aber nicht mehr so kräftig wie am Morgen beim Ausladen der Waggons. Denn »Dreilagig-Seidenweich-Blütenzart» war zwar bei der Kundschaft eindeutig am beliebtesten, und deshalb strömten zwei von drei Paletten auf meiner Gabel Aprilfrische aus; zwischendurch gab es aber immer wieder eine Fuhre »Soft-Öko-Recycling»-Papier, bei der ich mich erholen konnte. Das war garantiert ungebleicht, ungefärbt und unparfümiert.

Elvis und ich sahen einander gelegentlich von ferne auf unseren Fahrten zwischen den Rayons und den Lastwagenrampen. Wie zwei Kometen auf ewig gleicher Umlaufbahn kamen wir uns zuweilen gefährlich nahe, um gleich darauf jeder wieder in der endlosen Dämmerung aus dem Blickfeld des anderen zu verschwinden. Und während ich tonnenweise Toilettenpapier vom einen Ende der Lagerhalle zum anderen verschob, fragte ich mich unentwegt: Warum nur mag er mich nicht?

Um Viertel nach drei war's Zeit für den Nachmittagskaffee. Ich parkte meinen Stapler neben dem Liftschacht beim Kaffeeautomaten und achtete sorgfältig darauf, daß für Elvis genügend Parkraum übrigblieb. Denn er würde kommen; er ließ niemals eine Kaffeepause aus. Und diesmal würde ich kein Wort über Elvis-Stiefel verlieren, das hatte ich mir fest vorgenommen. Ich warf einen Franken ein und drückte eine Taste. Der Automat ließ einen Plastikbecher in die Halterung fallen, und dann plätscherte hellbraunes Wasser in den Becher. Milchkaffee, für Elvis.

Als er kam, sagte ich: »Hier, dein Kaffee.« Elvis sagte nichts. Dann warf ich wieder einen Franken ein und drückte eine andere Taste. Schwarzes Wasser, für mich.

Ich nahm einen Anlauf.

»Wir haben eigentlich schon einen verrückten Job, wir beide, findest du nicht?«

»Aha.«

»Ich meine, schau dir mal mich an. Tag für Tag schaufle ich drei Waggonladungen voll WC-Papier rein und Tag für Tag dieselbe Menge am anderen Ende wieder raus. Das ist doch verrückt, oder nicht?«

Elvis starrte in die Ferne.

»Stell dir doch das mal vor: Das sind zigtausend Rollen Papier, die ich hier jeden Tag durch die Gegend karre! Wenn man die alle abrollen würde, gäbe das ein Papierband von hier bis nach Hamburg. Und das Tag für Tag!«

»...«

»...?«

»...«

»Und irgendwo landet all das Papier schließlich. All die zigtausend Rollen, die Millionen von Coupons! Hunderttausende von Hintern werden damit abgewischt, werden sauber nur dank mir! Und stell dir mal vor...«

»...«

»...?«

»...«

Wir schauten einander kurz in die Augen, und auf einen Schlag war mir alles klar: Elvis mochte mich nicht, weil ich ein Studi-Bubi war. So einfach war das. Mehr war da nicht. Elvis hatte recht: Ich war ein Studi-Bubi, und er war ein Depp, und das würde so bleiben bis ans Ende unserer Tage. So war das. Ganz einfach.

Eilige Dreifaltigkeit

Der Tag, an dem ich mich in Ingrid verliebte, war ein 18. Dezember. An jenem Morgen hatte unser Chef ihr zum Geburtstag einen Strauß weiße Lilien geschenkt. »Danke schön«, hatte sie gesagt und die Lilien geschultert wie ein Gewehr. Noch nie in meinem Leben hatte ich eine junge Frau gesehen, die Lilien schulterte wie ein Gewehr. Am Abend desselben Tages ermannte ich mich, blieb vor ihrem Schreibtisch stehen und fragte: »Kommst du mit auf ein Bier?«

Jetzt war Mitternacht vorbei, und wir stapften durch den Schneematsch zu Ingrids Wohnung. Nach dem ersten Bier hatten wir beide Lust auf ein zweites gehabt, dann auf ein drittes und dann Hunger und so weiter. Als ich viel zu früh zum Bahnhof mußte, weil mein letzter Zug fuhr, hatte sie gesagt: »Kannst ja bei mir schlafen. Wir haben immer ein Zimmer frei in der Wohngemeinschaft.«

Durch dunkle Ladenpassagen, enge Privatwege und unbeleuchtete Hinterhöfe führte mich Ingrid in perfekter Luftlinie durch die Stadt. Sie war mir immer einen oder zwei Schritte voraus. Ich mußte ihre Richtungswechsel voraussahen, um nicht ins Leere zu laufen oder mit ihr zusammenzustoßen. In der Altstadt kam uns eine Gruppe von vier oder fünf Tamilen entgegen. Wahrscheinlich waren sie auf der Suche nach einem Restaurant, in dem man sie ihr Bier trinken lassen würde. Wir kreuzten die Tamilen in einer engen Gasse. Sie machten uns viel zuviel Platz und lächelten mit hochgezogenen Schultern ängstlich zu Ingrid und mir hoch. Ingrid sagte »Danke«, und ich tat es ihr nach. Neben diesen kleinen, feingliedrigen Männern kam ich mir vor wie ein Eisbär. Unter meinen Schritten erbebte die Erde. Ingrid, meine Eisbärin, stapfte vorbei und ich hinterher. Aus dunklen Gesichtern folgten scheue Blicke dem Wippen ihres Pferdeschwanzes. Als auch ich vorbei war, fühlte ich in meinem Rücken ein fünffaches Aufatmen. Wieder einmal waren sie davongekommen, ohne von furchterregenden Teutonen angerempelt oder in dieser merkwürdig kehligen Sprache angeschnauzt zu werden.

Wir gingen vorbei an den Kaufhäusern und Kleiderboutiquen mit ihrem neuwertigen Müll in den Regalen; vorbei am Eingang zum Dancing »Oasis«, wo türkische Drogenhändler um ihre deutschen Achtzylinder lümmelten; vorbei an einem Schwarm frierender Fixer, die auf den Besuch ihres guten Menschen im BMW warteten; vorbei an der verschneiten Badeanstalt, die Sommer und Winter mit Stacheldraht eingefaßt ist, damit sich die Kinder Hände und Beine aufreißen; vorbei an der alten Turnhalle, aus der Linke und Grüne ein Kulturzentrum machen wollen, die Gewerbler aber ein Parkhaus. Wir gingen vorbei an all dem und landeten in Ingrids Wohngemeinschaft.

»Oje!« sagte Ingrid, als wir im Flur unsere schneenassen Jacken auszogen.

»Was ist?«

»Renate ist wieder zu Hause. Die Tür zu ihrem Zimmer ist zu. Du kannst nicht dort schlafen.«

»Kein Problem.« Ich nahm meine Jacke wieder von der Garderobe und zog sie an.

»Wo willst du denn hin? Jetzt fährt kein Zug mehr. Du kannst bei mir schlafen; mein Bett ist breit genug.«

»Bist du sicher?«

»Na ja ... Peter würde das bestimmt nicht sehr gerne sehen. Aber wir werden das doch in Anstand und Würde über die Bühne bringen, nicht wahr?«

Ich dachte einen Augenblick nach. Peter. Ingrid hatte also einen Peter. Das klang nach Schwierigkeiten. Peter, Max und Ingrid. Das klang nach allem, was ich bestens kannte: nach wochenlangen Heimlichkeiten, nach Schlägen und Tränen, einer kurzen Versöhnung und zwei langen Trennungen. Das klang nach jener kurzlebigen, eiligen Dreifaltigkeit, bei der ich jede Rolle schon in eigener Sache erlitten hatte. Jede einzelne mindestens einmal – und das war genug für ein ganzes Leben, wie ich nach dem letzten derartigen Drama beschlossen hatte.

Aber statt aufzustehen und mich höflich zu verabschieden, ließ ich mir nichts anmerken und sagte nur: »Klar. Klar bringen wir das über die Bühne.«

Wir setzten uns in der Küche an ein rundes Bistro-Tischchen. Ingrid stellte zwei Gläser und eine Flasche spanischen Rotwein auf die Marmorplatte, und dann diskutierten wir, wenn ich mich recht erinnere, über die Grenzen der direkten Demokratie. Ich hatte Schwierigkeiten, mich zu konzentrieren. Mit meiner empfindlichen Hundenase sog ich Ingrids Geruch ein. Wonach roch sie nur? Was war das für ein Duft, so leicht und kühl und sanft wie ... was nur? Ein Flaschenparfum war das nicht, ganz bestimmt nicht, Seife oder Shampoo ebensowenig – aber was dann? Woran erinnerte mich ihr Geruch?

Unser Gespräch geriet allmählich in ruhigere Gewässer, und dann kam der erste Augenblick friedfertiger Stille – der erste Augenblick wirklicher Intimität zwischen Ingrid und mir. Ich genoß ihn sehr. Ingrid aber sprang nach wenigen Sekunden auf und räumte den Tisch ab.

»Du weißt ja noch gar nichts über mich!«

Ingrid lief davon, bevor ich antworten konnte. Ich befürchtete das Schlimmste. Es traf ein. Sie kam mit einer Schachtel so groß wie ein Kindersarg zurück und stellte sie auf das Bistro-Tischchen. Die Schachtel enthielt Hunderte von Fotos, wenn nicht Tausende. Ingrid nahm das oberste Bild heraus und hielt es mir hin. Das verblichene Farbfoto zeigte einen Mann Mitte Dreißig, der in einem orange-blauen Skianzug nach der Mode der siebziger Jahre auf der Terrasse eines Bergrestaurants sitzt, eine Flasche »Gurten«-Bier in der Hand und Schnitzel-Pommes-frites vor sich.

»Das ist mein Vater«, sagte Ingrid.

»Aha«, sagte ich.

Ingrid schaute mich erwartungsvoll an, und so fragte ich matt: »Siehst du deinen Vater oft?«

»Er ist gestorben, als ich elf Jahre alt war. Gehirntumor. Er wurde in zwei Jahren fünfmal operiert. Jedesmal haben ihm die Chirurgen das Gesicht vom Schädel runtergezogen, am Knochen rumgesägt und das Gehirn stückweise rausgeschnitten. Nach der sechsten Operation war er tot.«

»Oh«, sagte ich.

Dann ging es weiter. Eine knochige, große Frau in einer Küche und zwei Mädchen mit selbstgeschnipselten Frisuren und zu kurzen Jeans – »Das ist meine Mutter, das ist meine Schwester, und das bin ich«. Dann kamen die Weihnachtsfeier 1973 mit Onkel Theo und die Sommerferien auf der Bettmeralp und der Besuch im Basler Zoo und die Erstkommunion, die Firmung, der erste

Freund, der zweite Freund, der dritte Freund und so weiter. In den Hochhäusern nebenan gingen die Lichter eins ums andere aus. Diese verdammte Kartonschachtel – dick und dreist zwängte sie sich zwischen Ingrid und mich. Ingrid saß irgendwo dort drüben, ihre Stimme drang wie aus meilenweiter Entfernung an mein Ohr, ihre Brüste lächelten mich unter dem Norwegerpulli gedankenverloren an, ihr wunderbarer Geruch umschmeichelte meine Nase, aber zwischen uns lag ein Meer von Fotos, häßlicher Abklatsch einer mehrheitlich unerfreulichen Vergangenheit, ein Haufen staubiger Kadaver aus längst verflossenen Zeiten. Es folgte ein Bündel Karibikferien mit ihrem Peter. Ich wurde kalt wie ein Fisch.

Etwa zehntausend Jahre später waren wir in fünfhundert Metern Tiefe auf dem Grund der Schachtel angelangt. Ich war erschöpft und unendlich dankbar, als Ingrid das Signal zur Nachtruhe gab. Als sie im Badezimmer verschwand, steckte ich mir eine Zigarette an und lauschte auf die Geräusche, die durch die dünne Gipswand zu mir in die Küche drangen: das Plätschern des Wassers, das Scheuern der Zahnbürste, das steinerne Geräusch von Cremetöpfchen, die auf den Rand des Waschbeckens zurückgestellt wurden. Dann fiel eine Tür ins Schloß. Ich öffnete die Augen und sah Ingrid, die in einem blau-weiß vertikal gestreiften Männerpyjama an der Küchentür vorbeihuschte.

»Du kannst meine Zahnbürste benutzen. Die grüne.«

Fünf Minuten später kam der unausweichliche Moment, in dem Ingrid und ich nebeneinander im Bett lagen, »gute Nacht« sagten und das Licht löschten.

Ich schloß die Augen, faltete die Hände und hielt stumme Zwiesprache mit meinem Schöpfer. »Warum immer ich, mein Gott? Weshalb auferlegst du immer mir solche Prüfungen, sprich? Was muß ich dir beweisen? Und warum läßt du alle anderen damit in Ruhe? Und überhaupt: Denkst du gar nicht an den armen Peter, o Herr? Und Ingrid – womit hat sie all den Kummer verdient, der da auf sie zukommt?«

Fest entschlossen drehte ich mich bettauswärts auf die Seite. Jetzt hieß es tief und regelmäßig atmen. Ich mußte Ingrid unbedingt glauben machen, daß ich schlief; und wenn sie dann auch regelmäßig und tief atmete, würde ich wissen, daß sie schlief, und meinerseits die Ruhe finden, um mich in den Schlaf zu retten.

In Tat und Wahrheit war an Schlaf nicht zu denken.

Nach zwanzig Minuten kam die Erlösung aus der Qual. Ingrid sagte: »Weißt du, es macht mich schon etwas nervös, daß du neben mir im Bett liegst.«

Was war da? Das war doch nicht Ingrid, die da sprach! Das konnte sie doch nicht gesagt haben; doch nicht dieses durchgescheuerte, armselige Sätzlein, das seit Jahrtausenden Tag für Tag in Millionen von Betten dahergehaucht wurde! Ingrid hatte doch im Büro die Lilien geschultert wie ein Gewehr – da konnte sie doch nicht so etwas sagen!

»Bist du nicht auch etwas nervös?«

Lag ich im falschen Film? Ingrids Worte klangen in meinen Ohren wie die Tonspur eines Hollywoodstreifens, deutsch und französisch untertitelt in amerikanischer Originalversion. Mir fiel keine Antwort ein.

»Ja, ich bin auch etwas nervös.«

Da geschah etwas Unerhörtes. Ich riß die Augen auf und starrte ins stockdunkle Zimmer: Weiße Buchstaben tanzten vor mir in der Nacht umher. Erst flatterten sie auf und ab und hin und her wie fluoreszierende Nachtfalter; dann bekam ich sie in den Griff, und die Buchstaben reihten sich einer nach dem anderen an ihren Plätzen ein, schön nebeneinander, etwa dreißig Zentimeter über dem Fußende des Bettes.

JA, ICH BIN AUCH ETWAS NERVÖS.
OUI, JE SUIS UN PEU NERVEUX, MOI AUSSI.

Meine Nackenhaare sträubten sich. Untertitel! Zweisprachig! Wie im Kino! Ich wandte mich heftig zu Ingrid um, aber sie schien von dem ganzen Spuk nichts zu bemerken. »Weißt du, ich denke oft an dich, Max.«

... DENKE OFT AN DICH, MAX ...
... PENSE SOUVENT A TOI, MAX ...

Jetzt mußte ich durchhalten.
»Ist das wahr? Denkst du zuweilen an mich?«

IST DAS WAHR? DENKST DU ZUWEILEN AN MICH?
C'EST VRAI? TU PENSES A MOI DE TEMPS A AUTRES?

Was zum Teufel war das? Jetzt waren die Untertitel in die Bildmitte gerutscht. Operateur! Jetzt schaffen Sie doch mal diese Untertitel aus dem Bild! Wozu bezahlt man denn hier Eintritt! Und wechseln Sie auch gleich die Filmrolle, wenn Sie schon dabei sind – das ist nicht der Streifen, den ich mir vorgestellt habe. Ingrid rutschte näher und legte mir die Hand auf die Wange.
»Das hast du doch bestimmt gemerkt, daß du mir gefällst.«

... DASS DU MIR GEFÄLLST ...
... QUE TU ME PLAIS ...

Ich wußte, was ich zu tun hatte, ich kannte das Drehbuch. Ich nahm Ingrids Hand von meiner Wange und führte sie sachte an meine Lippen.
»Weißt du, ich bin eigentlich kein Mann für eine Nacht.«

... KEIN MANN FÜR EINE NACHT ...
... PAS DE MON GENRE ...

Wo war hier der Notausgang? Die Untertitelung füllte mittlerweile das ganze Bild aus. Mit ihrer Leuchtkraft hätten die Buchstaben eigentlich das ganze Zimmer taghell ausleuchten müssen, aber es blieb ringsum stockdunkel.
Da schloß mich Ingrid ganz fest und zärtlich in die Arme.
»Du bist ein wunderbarer Mann ... ganz ehrlich, ich möchte jetzt auch gar nicht mit dir schlafen, einfach so, auf die Schnelle; dazu bist du mir viel zu wertvoll.«

... WUNDERBARER MANN ... VIEL ZU WERTVOLL ...
... KOMME MERVEILLEUX ... BEAUCOUP TROP PRECIEUX ...

Ich legte meine Arme ebenfalls um sie.
»Da bin ich aber froh. Dann laß uns jetzt schlafen, ja?« Wir sagten einander noch einmal gute Nacht und kuschelten uns ganz nah aneinander, absolut in Schlafposition. Und wir hatten wirklich schon wieder ganz

regelmäßig und tief zu atmen begonnen, als sich plötzlich ein Küßchen dahin setzte und eines dorthin, vier Hände gingen spazieren, zwei Leiber rückten noch etwas näher... und gerade, als unser beider Wille sich dem Magnetismus der Geschlechtsteile beugen wollte, ich eine von Ingrids Brüsten in der Hand hielt und Ingrid einen leisen Seufzer hauchte

aahh ...

– da leuchtete es vor meinen Augen plötzlich in Technicolor, der Projektor surrte leise, und hinter der Untertitelung machte sich formatfüllend eine behaarte Männerhand breit, die eine weibliche Brust umschloß. Entsetzt beobachtete ich die Fortsetzung dieses billigen, millionenfach reproduzierten Streifens, der jetzt nur noch einstöckig untertitelt war

... OOAAAHHHH ...,

und als sich die Geschlechtsteile in Position manövrierten, setzte ich mich kerzengerade im Bett auf und sagte: »Die Tür! Es hat geklingelt.«
»Nein...«
»Es hat geklingelt, ich hab's gehört! Ist das dein Peter? Kommt Peter nach Hause?«
»Nein, das ist unmöglich. Er ist in den Skiferien. Aber wenn es dich beruhigt, schaue ich nach.«
Ingrid seufzte, machte Licht, stand auf, ging zur Tür, öffnete und schloß sie wieder und kam zurück. Als sie sich ins Bett legte, atmete ich erleichtert auf: Die Technicolor-Farben waren erloschen, die Untertitel auch, und der Projektor war verstummt.

Ingrid ließ das Licht brennen und drehte sich auf meine Seite hin. Ich blieb auf dem Rücken liegen wie ein Toter.

Die Hände hatte ich über dem Bauch gefaltet. Man hätte mir ohne Schwierigkeiten eine Nelke zwischen den Fingern durchstoßen können. Dann hätte nur noch je eine Kerze auf allen vier Bettpfosten gefehlt und meine Mama, die ganz in Schwarz am Bettrand um ihren Erstgeborenen trauert.

»Du hast ja recht. Es geht mir genauso wie dir, weißt du?« sagte Ingrid.

Ich wagte einen Seitenblick. Ingrids eisblaue Husky-Augen lächelten mich an. Ich entspannte mich und lächelte zurück. Es war alles in Ordnung: Da war Ingrid, und hier war ich, außer uns lag kein Mensch in diesem Bett, überhaupt gab es nur uns beide und die Nacht auf dieser Welt, und vielleicht würde in nächster Zeit noch viel Schönes geschehen. Plötzlich fiel mir ein, wonach Ingrid und ihre Bettwäsche rochen: nach Mandeln. Heute bin ich mir zwar nicht mehr sicher, ob Mandeln irgendeinen Geruch verbreiten, aber damals wußte ich es ganz bestimmt. Ich schloß die Augen und sog glücklich diesen wunderbaren Geruch ein. Ich wollte ihn in der Nase behalten, ich wollte ihn erforschen, seine Quelle entdecken, und gleich neben dieser Quelle mußte es doch ein schattiges, moosbewachsenes Plätzchen geben für einen gehetzten jungen Mann. Aber gerade, als ich mich niederlegen wollte unter einer jungen Birke, die da stand, begann dieser verdammte Filmprojektor wieder zu rattern, erst ganz leise, dann immer lauter, und vor meinen geschlossenen Augen begannen die Technicolor-Farben aufs neue zu tanzen.

»Hat er einen Schlüssel? Hat Peter einen Schlüssel?«
Ingrid blinzelte mit ihren eisblauen Husky-Augen.
»Nein, er hat keinen Schlüssel. Laß uns jetzt schlafen, ja?«
Ingrid löschte das Licht, und ich schlief tatsächlich ein und trieb traumlos dem nächsten Tag entgegen.

Zombie City

»Sind Sie Herr Mohn?«

»Ja.«

»Der neue Lokalredakteur?«

»Ja.«

Die Dame am Empfang musterte mich über den Rand ihrer Brille hinweg. Die Frau hatte Augen wie Schußwunden – schwarz und leer in der Mitte, rot unterlaufen und angesengt an den Rändern. Ein kleines Schild auf ihrem Pult hielt fest, daß sie Frau Tschanz hieß. Ich hatte die vage Ahnung, daß ich ihr nicht gefiel. Wahrscheinlich gefielen ihr nicht sehr viele Menschen. Gut möglich, daß ihr seit Jahren kein lebendes Wesen mehr gefallen hatte.

»Herr Chefredakteur Trümpy wartet schon auf Sie. Nehmen Sie den Lift in den dritten Stock, zweite Tür links.« Frau Tschanz reckte ihre Nase steif zu mir vor; ich hatte den Eindruck, daß sie meinen Geruch erschnupperte.

»Kommen Sie im Verlauf des Morgens noch einmal bei mir vorbei – ich gebe Ihnen dann einen Badge.«

»Einen was?«

»Einen Badge. Einen elektronischen Schlüssel. Ohne Badge kommen Sie nicht ins Haus.« Ich war mir jetzt sicher, daß Frau Tschanz meinen Körpergeruch nicht mochte.

Ich nahm den Lift in den dritten Stock, klopfte an der zweiten Tür links und trat ein. Herr Chefredakteur

Trümpy saß an einem breiten Mahagonipult, hatte seine gepflegten Finger auf einer Computertastatur abgelegt und lächelte mir entgegen. Im Gegensatz zur Empfangsdame schien er sich über meine Ankunft zu freuen; sein Anblick erschreckte mich aber mindestens so sehr wie Frau Tschanz' Schußwunden. Chefredakteur Trümpy hatte ein Gesicht, das zu klein war für die Größe seines Kopfes. Ein spitzes Mündchen, ein winziges Näschen und zwei flinke Marderaugen schmiegten sich ängstlich ganz nah aneinander. So war die Gesichtsmitte zwar dicht besetzt, aber ansonsten war da nichts mehr als eine weite, braungebrannte und faltenlose Fläche, notdürftig zusammengehalten von Haar und Ohren und dem Hemdkragen.

»Ach, Herr Mohn!« sprach das spitze Mündchen. »Willkommen, willkommen! Ich hoffe, Sie werden sich gut einleben auf unserer Redaktion.«

Es gelang mir, den selbstbewußten Wolf zu markieren: »Da bin ich ganz zuversichtlich, Herr Trümpy.«

Der Chefredakteur machte eine einladende Handbewegung, und ich durfte mich setzen.

»Treiben Sie Sport?«

»Na ja ...«

»Ich fahre Rad! Alle hier fahren Rad! Ich selbst bin heute früh kurz die Hasenweid hoch- und wieder runtergefahren. Großartiges Gefühl!«

Ich murmelte Zustimmung.

»Die Fahrradtechnik hat ja enorme Fortschritte gemacht in den letzten Jahren. Wenn ich bedenke, mit welchen Gangschaltungen unsereiner sich in der Jugend noch abgequält hat ...«

Ich nickte grinsend und wissend.

Da klopfte es an der Tür, und Dienstchef Krattiger

trat ein. René Krattiger, die rechte Hand des Chefredakteurs. Auf den ersten Blick sah er aus wie ein Zwölfjähriger: zwei bartlose Köpfe kleiner als ich, Turnschuhe an den Füßen und Kleider wie von Mutti bereitgelegt. In Wahrheit war er nur zwei Jahre jünger als ich, wie er mir beim Einstellungsgespräch lächelnd mitgeteilt hatte. Krattiger war der aufgehende Stern im hiesigen Lokaljournalismus. Mit großen wasserblauen Augen hatte er mir vor zwei Wochen seine Vorstellung von modernem Journalismus dargelegt, nachdem wir uns über meinen Lohn geeinigt hatten.

»Hart recherchieren! Ohne Rücksicht auf das Establishment!« hatte er mir gesagt, und sein glattes Kindergesicht hatte geleuchtet dabei. »Und sexy müssen unsere Geschichten sein! Knackig! Keine Routine!« Sexy. Aha.

Krattiger lächelte mich an wie ein Verliebter, schüttelte mir die Hand und wandte sich dann Chefredakteur Trümpy zu.

»Salut, Jean-Pierre.«

Jean-Pierre, richtig! So wollte der Chef genannt werden, und so zeichnete er auch seine Kommentare und Leitartikel: Jean-Pierre Trümpy. Dabei wußte jeder, daß er in Wirklichkeit Hans-Peter hieß. Hans-Peter Trümpy.

»Ah, René! Gut, daß du kommst! Das da ist also Herr Mohn, dein neuer Mitarbeiter!« brüllte Chefredakteur Trümpy und schlug mir auf die Schulter.

»Mohn ist übrigens auch ein Biker – das haben Sie mir doch eben erzählt, nicht wahr, Mohn?«

»Nun ja...«

Krattiger rettete die Situation. »Hast du heute nachmittag eine Stunde Zeit, Jean-Pierre? Wir müssen die Rad-Beilage vom Mai noch besprechen.«

Damit war ich aus der Schußlinie. Trümpy und Krattiger nahmen umgehend eine Unterhaltung auf, der ich zwar nicht folgen konnte, bei der es aber um hydraulische Bremsen, Bio-Pace, Titanrahmen und Shimano-Wechsel ging. Ich versuchte meine Anwesenheit vergessen zu machen und sah mich um. Neben der Tür hing eine große Fotografie in einem Wechselrahmen. Darauf waren etwa zwanzig erwachsene Männer und Frauen abgebildet, die alle schwarze Hosen und neonfarbige T-Shirts trugen, mit der linken Hand ein buntes Fahrrad hielten und mit den Zähnen in die Kamera lachten. Zuvorderst in der Mitte strahlten Trümpy und Krattiger, als ob sie die Tour de France gewonnen hätten. Ansonsten erkannte ich niemanden. Ich suchte nach Frau Tschanz, der Dame am Empfang. Endlich fand ich sie ganz hinten links in der glücklich lachenden Herde. Sie war zwar ebenso bunt angezogen wie der übrige fröhliche Haufen, ihr Fahrrad war lila-rosa gestreift, aber Frau Tschanz lachte nicht in die Kamera. Sie starrte böse über den linken Bildrand hinaus, die Lippen trotzig über die Zähne gezogen, um nicht lächeln zu müssen. Worauf schaute sie nur so böse, dort jenseits des linken Bildrandes? Ich stellte mir vor, daß da eine Betonwand stand, auf die ein zwölfjähriger Junge mit schwitzenden Händen und rotem Filzstift beispielsweise »Ficken« gekrakelt hatte. Hoffentlich würde Frau Tschanz den armen Jungen nie erwischen.

»Ach übrigens«, schrie Trümpy, als er sich wieder an mich erinnerte, »da fällt mir ein: Heute abend findet unser wöchentlicher Bike-Treff statt! Praktisch die ganze Redaktion, die halbe Setzerei und ein Viertel der Druckerei! Kommen Sie doch auch! Ausgezeichnete Gelegenheit, alle hier kennenzulernen!«

Ich murmelte Unverständliches.

»Ausgezeichnet! Großartig! Dann bis heute abend, Herr Mohn! Wir treffen uns alle um acht auf dem Hinterwiler Geißenhubel bei der Klausenkapelle!«

»?«

»Ist noch was?«

»Wo bitte trifft man sich?«

»Auf dem Hinterwiler Geißenhubel bei der Klausenkapelle ... Sie wissen doch, wo das ist?«

»Nun, ich bin noch fremd in der Gegend ...«

»Die Klausenkapelle?«

»Tut mir leid ...«

»Die Klausenkapelle? Auf dem Geißenhubel?«

»?«

»Jetzt sagen Sie mir aber nicht, daß Sie die Klausenkapelle und den Geißenhubel nicht kennen. Der Geißenhubel? Der Geißenhubel! René, hast du das gehört: Unser Herr Mohn kennt den Geißenhubel nicht! Der Geißenhubel in Hinterwil? Gleich am Dorfausgang Richtung Vorderwil? Nein?«

»Mir ist offen gestanden nicht einmal bekannt, wo Hinterwil oder Vorderwil liegt.«

Trümpy war fassungslos, Krattiger peinlich berührt.

»Weiß nicht, wo Hinterwil ist, aha ...« Dann fing sich Trümpy wieder: »Also Hinterwil, das ist ganz einfach: Sie fahren hier die Römerstraße hoch bis zum Waldrand, dann am Vita-Parcours vorbei, nehmen den Waldweg bis zur Götscheliweid, biegen beim Aussichtspunkt halbrechts ab – nicht scharf rechts, da müssen Sie aufpassen, es gehen zwei Straßen rechts ab, aber nur halbrechts geht's nach Hinterwil ...«

Hier räusperte sich Dienstchef Krattiger und hob die Hand. »Entschuldige, Jean-Pierre ... ein Vorschlag:

Herr Mohn könnte doch mit mir hinfahren, dann geht er uns nicht verloren.«

»Ausgezeichnet, großartig, ganz großartig! Also dann, bis heute abend, Herr Mohn! Sie werden sehen, Sie sind hier in ein großartiges Team geraten! René, du kümmerst dich um Herrn Mohn, ja?«

Draußen auf dem Gang zwinkerte der kleine Krattiger zu mir hoch und zischte: »Ein Affentheater um diese Radfahrerei, nicht wahr?« Er deutete mit dem Daumen über die Schulter zur zweiten Tür links. »Hat nichts als Radfahren im Kopf, der Chef.«

Bei mir schalteten alle Alarmsignale auf Rot. Vorsicht, Wadenbeißer. Ich hatte mich schon immer gefürchtet vor kleinen Männern. Wenn sie angreifen, dann tun sie das mit ihren Mitteln – sie kommen von hinten, und sie beißen in die Waden. Es tut nicht sehr weh, aber es ist lästig.

»Der Chef hat nichts als Radfahren im Kopf?« echote ich vorsichtig zu dem kleinen Mann hinunter.

»Ach, egal«, sagte Krattiger und wurde jetzt selber vorsichtig. »In welcher Gewerkschaft bist du?«

»In keiner.«

»In welcher Partei?«

»In keiner.«

»Ich bin Sozialdemokrat und Gewerkschafter.« Ich sah ihm an, daß er stolz war darauf. »Du kannst mir glauben, daß das nicht einfach ist in einer stockbürgerlichen Hütte wie dieser.« Ich gab ihm ein Genuschel zur Antwort, und Krattiger sagte: »Eben.«

Krattiger führte mich ins Großraumbüro der Redaktion, das mit Gummibäumen und zusammensteckbaren Möbelelementen in einzelne Sektoren unterteilt war. Bevor die Vorstellungsrunde begann, blieb ich stehen.

»Da ist noch was.«

»Was?«

»Ich habe kein Fahrrad.«

»Kein Problem. Ich leihe dir eines von meinen. Habe fünf im Keller stehen. Du holst mich ab, und dann fahren wir los.«

Pünktlich um zwanzig nach sieben stand ich vor Krattigers Wohnungstür im zwölften Stock eines ziemlich neuen Hochhauses am Rande der Stadt. Ich trug ein pistaziengrünes T-Shirt, das mir Trümpy am Nachmittag aufs Pult geworfen hatte. »Kleines Geschenk des Hauses«, hatte er gebrüllt. Auf dem T-Shirt stand »Seitz Druck und Verlag AG«. Die obligatorischen schwarzen Radlerhosen hatte ich kurz vor Ladenschluß im Fachgeschäft gekauft.

Als ich auf Krattigers Klingel drückte, ertönte hinter der Tür ein melodisches Dingdong. Ich wartete. Da ging plötzlich das Licht aus. Das Treppenhaus lag in völligem Dunkel. Ich suchte den Lichtschalter, strich mit der Hand der nahen Wand entlang, durchforschte die Schwärze des zwölften Stockwerks nach einem jener orangeleuchtenden Lichtschalter, aber da war nichts. Da ich mich nicht auf den scharfkantigen Beton der Treppenstufen hinauswagen wollte, blieb ich stehen und hoffte, daß Krattiger mich bald ins Licht seiner Wohnung einlassen würde.

Ich lauschte auf die Geräusche, die aus den Eingeweiden des Hochhauses drangen. In der Mauer links neben mir plätscherte dicht unter dem Verputz hell und klar eine Wasserleitung. Wahrscheinlich Trinkwasser. Oder ein Heizungsrohr? Von irgendwoher kam ein gleichförmiges Summen, gelegentlich unterbrochen von einem öden Rattern. Vermutlich ein Stromzähler. Dann ein Rauschen – in einem der oberen Stockwerke hatte jemand die Toilettenspülung bedient.

Wie viele Menschen mochten jetzt gerade in diesem Haus sein, über mir und unter mir und rings um mich – fünfzig? Hundert? Oder mehr? Wer wohnte sonst noch hier außer Krattiger? Der zigarettengraue Auslandsredakteur – wie hieß er doch gleich –, der persönlich unter allen Bürgerkriegen dieser Welt litt? Die große Schwarzhaarige vom Marketing, der man mich nicht vorgestellt hatte? Und Frau Tschanz? War etwa gar Frau Tschanz in der Nähe?

Es war früher Abend; jene Zeit also, zu der ein anständiger Mensch sich nach getanem Tagwerk in seine eigenen vier Wände zurückzieht. Das Hochhaus sah großzügig konzipiert aus, nach komfortablen Zwei-, Drei- und Vierzimmerwohnungen; nicht ganz billig zwar, aber attraktiv für jene gutverdienenden jungen Arbeitskräfte, die frühmorgens in die Büros im Stadtzentrum strömten. Wahrscheinlich waren sie alle ledig und alleinstehend und kinderlos. Erfolgreiche, gutaussehende Leute, die viel auf ihre Unabhängigkeit hielten und sich eine schöne Wohnung für sich ganz alleine leisten konnten.

Was mochten all die Menschen jetzt gerade machen, so ganz allein in ihren geschmackvoll eingerichteten Räumen? Ich ergab mich in meine Blindheit und horchte ins Innere dieses riesigen Puppenhauses. Wie aus weiter Ferne stampfte dumpf der rasende Baß von Techno-Musik. Dann ein leises, aber scharfes Taka-takatak: Hackte Krattiger Zwiebeln, statt mir die Tür zu öffnen? Oder lief im Fernsehen ein Kriegsfilm? Irgendwo dudelte ein Telefon – warum nahm niemand ab? Eine Tür knallte zu – ein Streit? Über mir quietschte es, als ob jemand ein schweres Möbel über den Parkettboden schieben würde. Dann hörte ich spitze Schritte, und dann war da noch dieses anhaltende Surren ...

Ich geriet ins Rätseln. Die Leute machen seltsame Dinge, wenn sie alleine sind, dachte ich. Wer in einen Block wie diesen einzog, gewöhnte sich bestimmt seltsame Dinge an in seiner Einzelzelle hinter gut verriegelter Wohnzimmertür – ganz egal, ob er nun mit zwanzig das Elternhaus verlassen, frisch geschieden vom ehelichen Heim Abschied genommen oder auch nur als routinierter Alleinstehender von einem Wohnsilo ins andere gewechselt hatte.

Die Leute waren seltsam. Ihre Seltsamkeit drang wie radioaktive Strahlung durch die Wände und Böden, durch die Dunkelheit, die mich umgab, und kroch mir unter die Haut. Ich schauderte. Warum öffnete Krattiger nicht? Ob er seltsame Dinge tat in seiner Box? Wahrscheinlich. Vermutlich hatte es bei ihm wie bei den meisten anderen Alleinstehenden harmlos angefangen – zum Beispiel damit, daß er die Tür nicht mehr zumachte, wenn er auf die Toilette ging. Es konnte ihn niemand sehen, niemand hören, niemand riechen – warum also sollte er die Tür schließen? Der nächste Schritt auf dem Weg zur Seltsamkeit war, daß er sich nicht mehr anzog, wenn er aus dem Bett oder der Dusche hervorkam. Er hatte ja recht. Die Wohnung war gut geheizt, und kein Kleidungsstück konnte je so bequem sein wie gänzliche Nacktheit. Ich dachte an Krattiger, wie er nackt durch seine Wohnung spazierte: Nichts sprach dagegen, daß er nackt fernsah, nackt eine tiefgekühlte Pizza in den Ofen schob oder nackt Hemden bügelte.

Natürlich mußte ihm irgendwann langweilig werden. Dann begann er wohl, kleine Scherze für und mit sich selbst zu treiben. Vielleicht kam er eines Tages auf die Idee, seine Pizza mit gezuckerter Schagsahne und Schokostreuseln zu garnieren. Ein harmloser Spaß im allerintimsten Rahmen – warum nicht? Möglicherweise schmeckte es ihm sogar, und er würde Pizza in Zukunft nur noch mit Schlagsahne und Schokostreuseln essen. Und eines Tages würde er seine Birchermüesliflocken nicht mehr mit Milch anrühren, sondern mit Bier.

Dann würde er andere Dinge ausprobieren, nur so zum Spaß: Wie fühlte es sich an, im Stehen über der Schüssel den Darm zu leeren? Nachts auf allen vieren auf den Balkon zu kriechen, damit einen vom Nachbarblock aus niemand sehen kann, um sich hinzulegen auf den harten Beton und den kühlen Wind und das fahle Mondlicht auf der nackten Haut spielen zu lassen? Vielleicht zog er manchmal Frauenkleider an und schminkte sich die Lippen vor dem Fernseher, während die Nachbarin unter der Dusche Pfeife rauchte und sich selbst anschrie. Und bei alldem schützten sie sich immer sorgfältig vor neugierigen Augen und Ohren: Der Wohnungsschlüssel wurde sorgfältig zweimal im Schloß umgedreht; dicke Vorhänge verunmöglichten ab Anbruch der Dämmerung jede Einsicht; und in allen Wohnungen wurde permanent Musik gespielt, damit das an die Wand gepreßte Ohr des Nachbars keine verräterischen Geräusche ausmachen konnte.

Ich hielt inne und lauschte ins Dunkel. War ich in ein Haus von Verrückten geraten? In eine heimliche Irrenanstalt ohne Gitterstäbe und ohne weißgekleidete Pfleger? Nein – nur weil die Leute all diese seltsamen Dinge taten, waren sie noch lange nicht verrückt. Schließlich würde auch morgen wieder die Sonne aufgehen, und dann würden Krattiger und alle anderen mit dem Lift ins Erdgeschoß fahren, raus und ins Auto oder in die Straßenbahn und hinein in die Stadt zur Arbeit. Und dort beherrschten sie die Spielregeln noch immer wie gewöhnliche Menschen: Die Männer ließen Röcke und Lippenstifte im Schrank, die Frauen kauften den Pfeifentabak heimlich im Kaufhaus, und alle verzichteten beim Mittagessen in der Kantine klaglos auf Schlagsahne und Schokostreusel auf der Pizza.

Krattiger zum Beispiel: Ohne Zweifel galt er bei Arbeitskollegen, Kioskfrauen und Bus-Chauffeuren als ganz normaler Mensch, ausgeglichen, lebensfroh und gesund. Tagsüber sah man ihm seine Seltsamkeit nicht an. Er hatte Heuschnupfen wie jedermann, mochte Prince oder Madonna und machte Österreicherwitze wie ein echtes menschliches Wesen. Er fuhr mit unnachahmlicher Lässigkeit Rad, kannte seinen Bancomatcode auswendig und hatte sogenannte Führungsqualitäten. Aber wenn der Abend nahte, wurde er unruhig, und die Nähe so vieler Menschen wurde ihm lästig. Dann zog es ihn mächtig in seine eigenen vier Wände, zurück in sein Reich, wo er ganz er selbst sein konnte – und dann ging es wieder los hinter verschlossenen Türen und doppelverglasten Fenstern. Dann wurde diese irre Lederjacke aus dem Schrank gerissen: Mein Gott, was sah man hinreißend aus damit! Aber auf die Straße wagen konnte man sich so natürlich ganz unmöglich. Dann wurde wieder von Hand gegessen – wozu Besteck? –, eine Flasche Whisky ins Badewasser geschüttet, Zahnpaste in die Haare geschmiert.

Und irgendwann stellte sich abends eine Leere ein, die sich mit all diesen gewohnheitsmäßigen Scherzchen nicht mehr auffüllen ließ. Es war mehr als Langeweile – es war der gähnende Abgrund menschlicher Leere, die schreckliche Ahnung, daß man zwar alles hatte, das

Allerwichtigste aber so sehr vermißte, daß man nicht einmal mehr genau wußte, was es war. Dann wäre vielleicht der Moment gewesen, die nette Sportredakteurin anzurufen, die einen beim Kaffeeautomaten so reizend angelächelt hatte. Aber um diese Zeit, bloß das nicht! All diese Fragen, die Erklärungen, die Diplomatie, diese Mißverständnisse!

Dann tigerte Krattiger durch seine Zimmer. Er schaltete in jedem Raum das Licht ein und wieder aus, drehte Fernseher und Stereoanlage gleichzeitig auf volle Lautstärke, schlug Bücher auf und warf sie wütend zu Boden. Er leckte an der Wohnzimmertapete, die so seltsam nach Farbstiften schmeckte, strich jaulend den Wänden entlang wie ein verliebter Kater und schlug mit der Stirn aus kurzer Distanz, aber heftig, gegen den Türrahmen.

Dann war es soweit, bei Krattiger wie bei den anderen: Die harmloseren unter den Mietern zogen den Wodka aus dem Kühlschrank und betranken sich binnen zehn Minuten bis zum Erbrechen. Andere standen stundenlang auf dem Balkon und beobachteten mit dem Fernglas die Mieter im Block gegenüber. Wieder andere ließen an einem Seil die Videokamera ein Stockwerk tiefer gleiten und filmten durchs Badezimmerfenster den Nachbarn beim Zähneputzen. Dann verfiel einer auf die Idee, die große Schwarzhaarige vom fünften Stock anzurufen und aggressive Obszönitäten in den Hörer zu zischen. Und hin und wieder kam einer auf einen Schlag zur Besinnung und stürzte sich vom zwölften Stockwerk hinunter auf den Kinderspielplatz ...

Da ging vor mir die Tür auf. Im blendenden Gegenlicht stand Dienstchef Krattiger in schwarzen Radlerhosen und rosa T-Shirt, strahlte mich an und sagte: »Auf geht's!«

Wer zum Teufel ist Ramón?

Mitten auf der Bahnhofsbrücke lag ein toter deutscher Schäferhund. Es schneite zwar wie im Märchen, es war vier Uhr, Sonntag morgens, ich war auf dem Heimweg vom Kartenspiel, wo ich ziemlich viel Geld verloren hatte, aber ich täuschte mich nicht: Dort vorne lag ein toter deutscher Schäferhund mitten auf der Straße. Ich zog eine Spur durch den jungfräulichen Schnee quer über den Gehsteig und auf die Fahrbahn. Der Hund sah aus, als ob er in vollem Lauf eingefroren und zur Seite gekippt wäre; lang ausgestreckt lag er auf der Seite, das rechte Vorderbein und das linke Hinterbein leicht angewinkelt. Der Schneestaub in seinem Fell glitzerte fein im orangefarbenen Straßenlaternenlicht. Weit und breit weder Mensch noch Auto, nur ich und der deutsche Schäferhund und all der Schnee und die Kälte und der Fluß unter uns. Ich tippte den Hund mit dem Fuß vorsichtig an. Er war hart wie ein Hähnchen aus der Tiefkühltruhe. Äußerlich sah er ganz unbeschädigt aus. Ich packte das steife Tier an je einem Vorder- und Hinterbein und drehte es auf die andere Seite. Unter ihm kam der vereiste, schwarze Asphalt zum Vorschein. Die Zungenspitze war am Boden festgefroren. Sie brach ab, als ich den Hund wendete. Abgesehen davon konnte ich noch immer keine Verletzung ausmachen.

Einfach liegenlassen wollte ich den Hund nicht. In einer halben Stunde kamen die ersten Eisenbahner zur Frühschicht, und dann würde ihn das erstbeste Auto mit

Sicherheit überfahren. Das hatte er nicht verdient. Er war ein Prachtexemplar von einem deutschen Schäferhund – ein richtiger Naziköter, wie geschaffen, um Juden, Kommunisten und Schwule in einem polnischen Wald zu Tode zu hetzen. Einen Moment dachte ich daran, ihm im Fluß ein Seemannsgrab zu bereiten; aber dann würde seine ewige Ruhe nur so lange dauern, bis er im Elektrizitätswerk drei Kilometer flußabwärts ankam. Dort würde er im Rechen hängenbleiben, sein Bauch würde sich blähen und platzen, die Gedärme würden ins Wasser baumeln, und in ein paar Tagen würde ihn ein Arbeiter stückweise aus dem Wasser fischen und auf den großen Haufen schmeißen, auf dem Äste, Baumblätter und Kinderbälle vermoderten, und dort würde er dann nach und nach von den Krähen und Ameisen gefressen werden.

Ich hob den Schäferhund auf, nahm ihn wie ein Kleinkind in die Arme und trug ihn heimwärts. Seine Hundebeine stachen kerzengerade in die Höhe und strichen mir bei jedem Schritt links und rechts an den Ohren vorbei. Nach zweihundert Metern brannten meine Oberarme wie Feuer, und ich rutschte bei jedem zweiten Schritt aus. Ich schwang mir den Schäferhund auf den Rücken und packte je eine Vorderpfote links und rechts von meinem Hals. So trug ich ihn recht bequem, außer daß mir seine Schnauze in den Nacken stach. Als wir zu Hause ankamen, hatte die Wärme meines Rückens sein Bauchfell schon ein wenig aufgetaut; meine Lederjacke durchtränkte sich mit geschmolzenem Schnee und Hundeschweiß. Außerdem begann der Hund, mir in den Nacken zu geifern. Ich stieß mit dem Fuß die Tür auf.

Im Vorbeigehen schaute ich gewohnheitsmäßig nach

dem Briefkasten, obwohl an einem Sonntagmorgen um vier Uhr wirklich nichts zu erwarten war – und da war etwas. Etwas Hellblaues. Aus meinem Briefkasten ragte ein gefalteter Bogen hellblaues Briefpapier etwa fünf Zentimeter heraus. Ich trat näher. Da ich keine Hand frei hatte, roch ich an dem Briefbogen. Er war stark parfümiert. Moschus, wenn ich mich nicht irrte. Das weckte meine Neugier. Ich nahm die zwei Vorderpfoten des Schäferhundes, die links und rechts von meinem Hals hervorstachen, in die linke Hand. Auf diese Weise würgte mich das Tier zwar ein wenig, aber ich bekam die rechte Hand frei, um den hellblauen Bogen Briefpapier aus dem Schlitz zu ziehen. Er war zweimal gefaltet. Auf der einen Seite stand in runder Teenager-Schrift: *Für Ramón.*

Das kommt davon, wenn man zwei Jahre nach Wohnungsbezug seinen Briefkasten immer noch nicht beschriftet hat, dachte ich. Ich heiße nämlich nicht Ramón. Meines Wissens hieß auch sonst niemand hier im Haus Ramón, und überhaupt kannte ich niemanden dieses Namens. Ich entschloß mich, den blauen Bogen Briefpapier zu entfalten, was gar nicht so einfach war mit einer einzigen klammen Hand.

Ramón, mein Geliebter, stand da, *vergiß nicht, daß wir zusammen um die Welt ziehen wollten, Du und ich! Ich habe die Tickets immer noch; ich küsse sie jeden Abend, bevor ich ins Bett gehe. Mein Seemann, wann lichten wir die Anker? Laß Dich nicht von Mary anbinden. Ich habe Deinen Unterarm schon gesehen, Du brauchst ihn nicht mehr zu verstecken. Aber es genügt nicht, wenn sie Dich tätowiert wie ein Vieh! Deine Frau bin ich, und wir gehören zusammen, für Immer. Deine Jasmina.*

Mir wurde weich in den Knien. Wer war Ramón, dieses Schwein? Wer war Mary, das Luder, das Männern ihren Namen auf den Unterarm tätowierte? Und wer, vor allem, war Jasmina, die treue Seele? Da sank ein dünner Faden Hundespeichel an meinem Kinn vorbei und tropfte auf den Brief. Ich steckte den hellblauen Bogen Briefpapier in die Innentasche meiner Lederjacke und stapfte langsam die knarrende Holztreppe hinauf wie ein achtzigjähriger Bergsteiger. Der Hund war ziemlich schwer; auf meinem Rücken fühlte er sich an wie ein verletzter Tourenskifahrer, der sich in die nächste Berghütte buckeln läßt. Ich wohnte im fünften Stock.

Ich schloß gerade keuchend die Wohnungstür auf, als mein Blick auf die weiße Gipswand rechts neben dem Türrahmen fiel. Da hatte jemand etwas hingeschrieben, mit blauem Kugelschreiber eher in die weiche Wand gekerbt als geschrieben.

Ramón, my baby, stand da. *Die Liebe muß da sein, wo sie ist, und sie kann nirgendwo sonst sein. Ich werde auf Dich warten. Jasmina.*

Wer zum Teufel war Ramón?

Meine Hauptsorge war aber immer noch der tote deutsche Schäferhund auf meinem Rücken, der langsam, aber stetig auftaute. In meiner heimelig warmen Altbauwohnung jedenfalls konnte er die Nacht nicht verbringen; dort würde er nach wenigen Minuten in die Knie gehen, sich womöglich entleeren und zu stinken anfangen. Aber vor meinem Schlafzimmer gab es einen Balkon mit Sicht auf den Hinterhof. Hier hatten Generationen von Mietern allen Ramsch deponiert, den sie beim Umzug nicht mitnehmen wollten: ausgediente Kühlschränke, fetttriefende Küchenteppiche, zersplitterte Bettgestelle, geborstene Rohrstühle und Hunderte von leeren Kartonschachteln. Nur am rechten Balkonende war dem schmiedeeisernen Seitengeländer entlang noch ein etwa zwanzig Zentimeter breiter Streifen frei. Ich hievte den Schäferhund über den Kartonschachtelberg und stellte ihn auf die Füße. Vorsichtshalber lehnte ich ihn leicht gegen das Geländer, damit der Wind ihn nicht umwerfen konnte. Er streckte die Schnauze ganz naturgetreu in den Hinterhof hinaus, wo werktags die Angestellten von der Großbank gegenüber ihre Autos parkten. Ich wischte mir mit der Hand den kalten Schweiß von der Stirn und den Hundegeifer aus dem Nacken. Leise schloß ich von innen die Balkontür.

Todmüde ließ ich mich aufs Bett fallen, ohne meine Kleider und Schuhe auszuziehen. Ich dachte an das viele schöne Geld, das ich beim Kartenspiel verloren hatte, und wollte schlafen, nur noch schlafen. Aber von der Wohnung unter mir drangen der dumpfe Baß einer Stereoanlage und vielstimmiges Gemurmel empor. Das war die Wohngemeinschaft in unserem Haus, vier bis sechs Leute in rasch wechselnder Besetzung, alle immer um die Zwanzig, gut zehn Jahre jünger als ich. Ich stöhnte und wälzte mich auf die Seite. Plötzlich schrie eine hohe Männerstimme: »Das ist der Hammer! Das ist der Hammer!« Da stand ich auf und ging zum Notizblock, der neben dem Telefon lag.

Liebe Jasmina, schrieb ich; *ich glaube, Ramón wohnt ein Stockwerk tiefer. Ich wünsche Dir viel Glück. Max.*

Den Zettel heftete ich mit einem Reißnagel an meine Wohnungstür. Dann legte ich mich wieder hin. Ich überlegte, ob ich den himmelblauen Bogen Briefpapier als Andenken behalten sollte. Mein letzter Gedanke aber galt dem toten deutschen Schäferhund, dem auf meinem Balkon langsam eine schneeweiße Mütze wuchs. Ich fragte mich, ob wohl noch irgendwo zuinnerst in seinem Körper ein Tropfen ungefrorenes, heißes Blut war.

Der Ernst des Lebens

An jenem Tag war Großvater genau fünfundneunzig Jahre und fünfundneunzig Tage alt. Natürlich war es auch diesmal dasselbe – es war jedesmal dasselbe, wenn Vater und ich Großvater im Altersheim »Alpenblick« besuchten.

»Faß nichts an! Faß ja nichts an, hörst du?« schärfte Vater mir ein, während wir im Regen über den Parkplatz zum Haupteingang liefen.

Ich sagte »Ja, Vater«.

Vater hatte einen Tick. Er war felsenfest überzeugt, daß das Altersheim hoffnungslos verseucht war mit Krankheitserregern aller Art. Dabei war der »Alpenblick« ein freundlicher weißer Neubau mit großen Fenstern, viel Naturstein, Holz allenthalben und einem Pingpongtisch für die Junggebliebenen auf dem Vorplatz; alles in allem eine komfortable Seniorenresidenz, wie man das heute nennt, ganz nah beim Stadtzentrum und doch am Waldrand.

»Hier drin lebt alles«, pflegte Vater zu sagen, »alles lebt, mit Ausnahme vielleicht der Menschen. Jede Türklinke, jeder Stuhl, die Wände, Böden, Decken, ganz zu schweigen von den Betten und dem Eßgeschirr – alles lebt! Überall wimmelt es von Krankheitserregern: Milliarden von Bazillen, Mikroben, Bakterien, Viren ...«

Mein Vater war Sekundarlehrer. Vermutlich war das genetisch bedingt: Sein Vater war ebenfalls Sekundarlehrer gewesen und dessen Vater auch. Von all meinen

Ahnen väterlicherseits war Ururgroßvater der letzte gewesen, der nicht Sekundarlehrer war. Er war Steuerbeamter – und das vermutlich auch nur, weil es vor 1848 noch keine Sekundarschulen gab. Gott sei Dank gibt es die Geschichte, dachte ich manchmal; zum Glück gibt es immer wieder Erdbeben, Revolutionen, Sintfluten, Weltkriege, technischen Fortschritt und all das. Sonst wären womöglich alle meine Vorfahren ausnahmslos Sekundarlehrer gewesen, seit Anbeginn der Zeit. Ich selbst wäre dann auch Sekundarlehrer, mein Sohn würde es auch und meine Kindeskinder und meine ... meingottwieschrecklich. Das dachte ich manchmal.

Am schwersten wog für mich das Sekundarlehrertum meines Vaters. Wie die meisten seiner Berufskollegen glaubte er sich überall und lebenslänglich umzingelt von schwachsinnigen Schülern und verblödeten Erwachsenen. Und wenn er wie jetzt seinen steifen Schulmeisterfinger hob, war er kaum mehr zu bremsen.

»Ich weiß über die Krankheitserreger Bescheid, Vater«, sagte ich.

»Du sollst mich ernst nehmen, verdammt noch mal! Denk daran: Hier wohnen alte Menschen, Achtzig, Neunzig, Hundertjährige; die haben ein Leben lang Zeit gehabt, sämtliche Mikroben einzusammeln, die es auf dieser Welt überhaupt gibt! In diesem Haus ist zusammengezählt eine jahrtausendealte Krankheitsgeschichte versammelt. Diese Krankheitsgeschichte lagert sich ab an allen Wänden, auf jedem Kissen, an jeder Türklinke ...«

»Ja, Vater.«

»Sei nicht frech! Und was, glaubst du, haben diese Mikroben im Sinn? Meinst du etwa, die gehen friedlich und widerstandslos zugrunde wie all die verblödeten Greise hier drin? Das kannst du vergessen! Die Viecher sind schlau, mußt du wissen!«

»Ich weiß es, Vater.«

»Die Viecher sind Jahrmillionen alt. Hast du das gewußt? Jahrmillionen! Ist dir das klar? Um den ganzen Erdball sind die gereist in den Körpern unserer Ahnen, immer und immer wieder, tausend mal tausend Jahre lang – glaubst du da im Ernst, daß sie ausgerechnet hier im Altersheim ›Alpenblick‹ wehrlos verrecken, an einem regnerischen Septembertag im Jahr 1994?«

»Nein, Vater.«

»Na also. Auf uns beide warten die Viecher, mein Sohn! Auf uns! Die wollen mit dir und mir raus aus diesem Loch! Hinaus auf unseren Buckeln und in die weite Welt zurück wie Millionen von Generationen vor ihnen! Und darum sage ich dir: Faß nichts an! Faß ja nichts an!«

So ging das jedesmal. Ich dankte meinem Schöpfer für die Antibabypille und die sinkenden Schülerzahlen, die mich den Sekundarlehrerberuf hatten meiden lassen. Der ungeschriebenen Gesetze unserer Familie entbunden, war ich eher versehentlich Redakteur beim katholischen Lokalblättchen geworden. Vater hatte sich seine Enttäuschung darüber nie anmerken lassen, aber Großvater nahm mir diesen Bruch mit der Familientradition ausdrücklich übel. Den »katholischen Schreiberling« nannte er mich gerne, oder den »Postillion von Rom«.

Es regnete also in Strömen, während wir auf den Haupteingang zuliefen. Wie immer behielt Vater den Autoschlüssel in der Hand, nachdem er ihn aus dem Zündschloß gezogen hatte. Er schob ihn vor sich her, als ob er die erstbeste Pflegerin damit erstechen wollte.

»Und wenn dir jemand Kekse oder Schokolade anbietet, dann lehnst du höflich, aber bestimmt ab. Hast du mich verstanden?«

Ich sagte »Ja, Vater«, wenngleich die Gefahr recht gering war, daß mir jemand Schokolade anbieten würde – ich war vor zwei Monaten dreiunddreißig Jahre alt geworden.

Dann erreichten wir die gläserne Eingangstür. Vater setzte wie jedesmal den Autoschlüssel sorgfältig am Aluminiumrahmen an und schob damit die Tür auf.

»Du zerkratzt mit dem Schlüssel die Tür, Vater«, sagte ich. Wie jedesmal.

»Mir egal«, knurrte er. »Sollen sie eine automatische Schiebetür montieren oder eine Drehtür oder meinetwegen einen Triumphbogen. Ich fasse hier nichts an. Schließlich bezahle ich genug für das verdammte Siechenheim.«

Als die Tür hinter uns zufiel, blieb Vater stehen und schloß die Augen. »Da, riechst du es? Sag, was du willst: Hier stinkt's nach schlecht ausgeheilten Krankheiten, nach Moder, Verwesung und altem Urin. Urin, vor allem.« Dann schob Vater seinen Autoschlüssel vorbei an der Pflegerin, die am Empfang Dienst tat und uns stirnrunzelnd nachschaute. Es war mir sehr peinlich.

Vater drückte mit dem Autoschlüssel auf den Liftknopf. Die Schiebetür ging auf, wir traten ein, Vater spießte den Knopf mit der aufgedruckten 3 auf, und wir schwebten hinauf ins dritte Stockwerk. Unterwegs schaute er mir durch seine Lehrerbrille scharf in die

Augen – das konnte er immer noch, trotz seiner zweiundsechzig Jahre.

»Du sagst kein Wort von Kakteen.«

»Wie bitte?« Das war neu.

»Kein Wort von Kakteen und kein Wort über Agaven.«

»Du meinst Großvaters Agave?« Auf der Veranda von Großvaters Haus stand seit Jahrzehnten eine gewaltige Agave, die er ein halbes Leben lang liebevoll gepflegt hatte. Vater hatte schwören müssen, sich gut darum zu kümmern, als er nach Großmutters Tod das Haus samt Veranda übernahm.

»Egal. Du sagst, was du willst. Aber auf gar keinen Fall sprichst du von Agaven und/oder Kakteen. Am besten sagst du gar nichts über das Pflanzenreich. Tust du mir den Gefallen?«

Ich zuckte mit den Schultern. »Ja, Vater.«

Im dritten Stock ging die Schiebetür wieder auf. Wir traten hinaus auf einen lichtdurchfluteten, mit toskanischen Bodenkacheln ausgelegten Gang. Links und rechts reihten sich Buchenholztüren aneinander, hinter denen die sogenannten Seniorenstudios lagen. Vor Großvaters Tür blieben wir stehen. Eine Klingel gab es nicht, an der Vater seinen Autoschlüssel hätte ansetzen können. Man mußte anklopfen, und das ging mit dem Schlüssel schlecht. Aber Vater hatte auch dafür eine Lösung gefunden, vor zwei Jahren etwa: Er klopfte mit der Schuhspitze an. Er machte das sehr geschickt, locker aus dem Fußgelenk, ein Unterschied zum herkömmlichen Knöchelklopfen war nicht zu hören. Mutter hatte sich sehr darüber empört, als sie davon erfuhr. Meine Mutter und mein Vater hatten einander seit vielen Jahren nicht mehr gesehen. Sie besuchte Großvater jeweils mittwochs, er jeweils samstags.

Vater klopfte ein zweites Mal an. Dann hörten wir schlurfende Schritte, und die Tür ging auf. Eine dichte Wolke Tabakrauch rollte auf den Flur hinaus, und dahinter erschien keuchend mein Großvater mit seiner ewigen Zigarette unter dem nikotingelben Schnauzbart. Die Zigarette gefiel mir. Immerhin hatte Großvater in den fünfundneunzig Jahren und fünfundneunzig Tagen seines Lebens nur unbedeutend wenige Jahre auf Tabakrauch verzichtet – und das auch bloß ganz zu Beginn, als er noch nicht im Vollbesitz seiner Kräfte war. Kurz vor Ausbruch des Ersten Weltkriegs aber hatte er sich die erste Zigarette in den Mundwinkel gesteckt, und seither räuchelte es quer durch die Jahrzehnte unter Großvaters Schnauzbart, allen Ermahnungen seiner Eltern und seiner Lehrerkollegen und seiner Frau und seines Arztes zum Trotz; das machte sein Sekundarlehrertum etwas menschlicher, fand ich.

»Schau an, mein Sohn und der Herr von der katholischen Presse«, begrüßte er uns. Dann hustete er grollend und tief aus der Lunge, schloß wie unter Schmerzen die Augen und wandte sich ab. Vater und ich folgten ihm in sein Seniorenstudio. Es roch wie im Raucherabteil eines Regionalzugs, aber im übrigen glich das Studio einem x-beliebigen Hotelzimmer: Dusche/WC gleich neben dem Eingang, dann ein Zimmer mit Bett, Schreibtisch, Fauteuil und Fernseher. Das Beste war das große Fenster mit Ausblick zum Waldrand. Die Alpen sah man nicht, nicht von Großvaters Fenster aus und überhaupt nirgends im ganzen Altersheim; keine Ahnung, woher der Name »Alpenblick« kam.

Großvater setzte sich schwer atmend in den Fauteuil, Vater ließ sich auf die Bettkante fallen. Ich ging zum

Fenster und machte es eine Handbreit auf, um Frischluft in den Zigarettennebel zu lassen.

Dann fragte Großvater meinen Vater: »Und? Wie läuft's in der Schule?«, und ich wußte, daß es langweilig werden würde. Es war immer dasselbe: Jetzt würden die beiden exakt eine Stunde über Lehrpläne und Schüler und Inspektoren und Turnhallen-Bodenbeläge plaudern, und dann würde Großvater einen Blick auf seine Armbanduhr werfen und sagen: »Es ist Viertel nach drei. Zeit für euch zu gehen.«

Bis kurz nach drei folgten wir dieser lang eingeübten Routine. Aber dann fragte Großvater plötzlich und ungewohnt lebhaft: »Wie geht's meinem alten Kaktus?«

Vater stand vom Bettrand auf, ging die paar Schritte zum Fenster, blieb neben mir stehen und schaute hinüber zum Waldrand.

»Welchem Kaktus?«

»Welchem Kaktus wohl! Der Agave auf der Veranda natürlich!«

»Also strenggenommen sind Agaven ja keine Kakteen«, sagte Vater. »Kakteen sind in ihrer Mehrzahl Stammsukkulenten; das heißt, sie speichern das Wasser im Stamm. Agaven hingegen sind Blattsukkulenten und speichern das Wasser in den ...«

»Du sollst mich nicht belehren, verdammt noch mal!« rief Großvater. »Diese Dinge habe ich schon unterrichtet, als du dir noch in die Hosen gemacht hast. Alles, was ich wissen will, ist: Wie geht es meinem Kaktus?«

»Wie soll's ihm schon gehen?« sagte Vater zum Fenster hinaus. »Steht auf der Veranda wie seit sechzig Jahren schon.«

»Unverändert?«

»Unverändert.«

»Dir ist nichts Ungewöhnliches aufgefallen?«

»Nein.«

»Seltsam. Sehr seltsam.«

Großvater ließ das Kinn auf die Brust sinken. Vater starrte angestrengt aus dem Fenster, und es blieb lange, lange still, bis Großvater sich eine neue Zigarette anzündete.

»Habe ich euch eigentlich schon erzählt, wie die Agave auf unsere Veranda kam?« Natürlich hatte Großvater uns das schon erzählt. Oft. Und natürlich wußte er das ganz genau.

»Das war vor genau dreiundsechzig Jahren, auf unserer Hochzeitsreise. Deine Mutter und ich machten eine Kreuzfahrt durchs Mittelmeer...« – Großvater sprach jetzt nur noch zu seinem Sohn, ich war nicht mehr da – »... und es war schrecklich langweilig, wie du dir vorstellen kannst. In Tunis gingen wir an Land. Deine Mutter wollte ums Verrecken die Ruinen von Karthago besichtigen. Bei der Gelegenheit hat sie am Wegesrand einen fingergroßen Agavensprößling ausgerissen.«

»Und das ist die Agave, die heute so riesig auf der Veranda steht.«

»Richtig, mein Sohn. Das Agavenbaby hat die ganze schreckliche Kreuzfahrt bis zum bitteren Ende in der Handtasche deiner Mutter mitgemacht – Tripolis, Alexandria, Beirut, Ankara, Athen, Dubrovnik, Venedig –, um schließlich im Nebel der Alpennordseite zu landen. Und dort steht sie nun auf meiner Terrasse, seit dreiundsechzig Jahren.«

»Wir wissen das, Großvater«, sagte ich. Ich hatte meinen aufwallenden Zorn nicht länger bändigen können. Welches Recht hatte der alte Mann, uns immer und immer wieder dieselben Geschichten aufzutischen? Großvater stand mühsam auf, schlurfte zu mir herüber und klopfte mir nachsichtig lächelnd auf die Schulter.

»Soso, mein Enkel weiß das.« Er schürzte die Lippen, daß die Borsten seines nikotingelben Schnauzbartes waagrecht nach vorne standen, und wandte sich meinem Vater zu. »Und du weißt das auch, mein Sohn, was?«

»Ja, Vater.«

Großvater nahm die Zigarette aus dem Mund und schlurfte zurück zu seinem Sessel.

»Ihr wißt das alles schon, wie? Tausendmal gehört, nicht wahr? Dann kommt es auf einmal mehr oder weniger auch nicht mehr an.«

»Nichts für ungut«, sagte mein Vater.

»Entschuldigung«, sagte ich.

Großvater hob sachte die Hand, in der er die Zigarette hielt.

»Egal. Ich wollte nur wissen, wie es meinem alten Kaktus geht.«

Dann sank sein Kinn wieder auf die Brust. Und von neuem breitete sich diese Stille aus.

»Dreiundsechzig Jahre – und die Agave ist ganz unverändert, hast du gesagt?«

»Ja, Vater.«

»Sie hat keinen Stamm getrieben in der Mitte?«

»Nein.«

»Etwa drei Meter hoch?«

»Nein.«

»Und Fruchtstände, am Ende des Stamms?«

»Nein, Vater, weder Stamm noch Fruchtstände.«

»Seltsam, sehr seltsam.«

Plötzlich erinnerte sich Großvater, daß ich auch noch da war.

»Weiß der Herr von der katholischen Presse eigentlich, daß eine Agave nur einmal in ihrem Leben blüht?«

Ich hob zum Zeichen geheuchelten Interesses die Brauen.

»Weiß mein Pfaffen-Enkel, daß eine Agave in Tunesien zwanzig Jahre braucht, um zur Blüte zu gelangen? Daß sie dann binnen einem Sommer einen drei Meter hohen Stamm hochtreibt, an dem im Herbst die Fruchtstände hängen? Und daß sie dann nach wenigen Wochen abstirbt? Wissen Hochwürden das?«

Ich antwortete nicht.

Großvaters Kinn sank wieder auf die Brust, und er sprach nur noch zu sich selbst.

»Zwanzig Jahre braucht sie dazu normalerweise, und meine Agave ist schon dreiundsechzig Jahre alt. Seit bald fünfzig Jahren warte ich darauf, daß sie blüht. Sommer für Sommer erwarte ich, daß jetzt endlich ein Stamm in die Höhe schießt – aber nichts geschieht. Jahrzehnt um Jahrzehnt vergeht in Ereignislosigkeit. Seit mehr als zehntausend Tagen warte ich auf den unausweichlichen Moment, der einfach nicht eintreffen will.«

Plötzlich wurde Großvater lebhaft. Er sprang aus seinem Fauteuil auf und blitzte uns an.

»Und warum diese Langsamkeit? Woher diese Zähflüssigkeit? Ich will es euch sagen: Die Kälte ist schuld! Es ist zu kalt in unserem Land! Die Agave ist ein Geschöpf des Mittelmeers, müßt ihr wissen. Dort trägt alles schnell Blüten und stirbt leicht wieder ab. Bei uns ist es dafür zu kalt. Hier ist Wachstum schwere Arbeit; entsprechend hart ist das Holz der Bäume, entsprechend lang ist das Leben, entsprechend schwer nimmt alles seinen Abschied. Drei Meter hohe Fruchtstände kurz vor dem Tod! Solche Kapriolen gibt es hierzulande nicht!«

Mein Vater stand unverändert am Fenster. Er hatte die Arme hinter seinem breiten Rücken verschränkt.

»Deine Agave wird eines Tages schon noch blühen«, sagte er.

»Ich hoffe es, mein Sohn, ich hoffe es! Es wäre mein Fehler, wenn das arme Ding nicht so weit käme! Schließlich hätte ich vor sechzig Jahren verhindern können, daß diese rothaarige Frau den kleinen Schößling in ihrer Handtasche aus seiner freundlichen Heimat entführte. Schlimm genug, daß er wegen mir das Dreifache seiner Lebenserwartung in unserem nebligen Land dahinsiechen mußte.«

Dann schaute Großvater uns geradewegs in die Augen, erst Vater, dann mir.

»Es ist Viertel nach drei. Zeit für euch zu gehen.«

Den langen Gang zurück zum Lift konnte ich Vaters großen Schritten kaum folgen. Seinen Autoschlüssel hatte er schon wieder zur Hand, um alle nötigen Liftknöpfe zu drücken und Türen aufzuschieben. Auf dem Parkplatz regnete es immer noch in Strömen. Bevor wir in den Wagen stiegen, fragte ich ihn über das Autodach hinweg: »Sag mal, was sollte denn das ganze Theater um die Agave?«

Da schaute Vater mich an. Zum ersten Mal sah ich, daß er alt geworden war. Ein Tropfen rann ihm über die linke Wange.

»Der alte Kaktus blüht, mein Sohn. Der Stamm ist drei Meter und zwölf Zentimeter hoch.«

Eigermönchundjungfrau

Am Tag, an dem ich starb, machte ich einen Fehler: Ich stieg auf Gleis 11 in den Zug und fuhr nach Bern. Das hat mich das Leben gekostet. Die Berner Altstadt hat mich mit all ihrer Schönheit umgebracht. Natürlich hätte die ganze Sache an vielen anderen Orten auch geschehen können, aber Bern war eben ganz besonders gefährlich. Ich hätte es wissen müssen. Ich hätte nicht fahren dürfen. Jetzt ist es zu spät.

Dabei wäre auch unterwegs noch Zeit zur Umkehr gewesen. In Langenthal hätte ich aussteigen können, in Herzogenbuchsee oder allerspätestens in Burgdorf. Ein höhnisches Lächeln hätte ich dem nach Bern eilenden Zug hinterherschicken können; »Mit mir nicht«, hätte ich gezischt, den Bahnsteig hätte ich gewechselt, um einfach wieder zurückzufahren an jenes Ende der Welt, das Orten wie Bern entgegengesetzt ist.

Statt dessen blieb ich in meinem Abteil sitzen und musterte durchs Fenster mißtrauisch die unfaßbare Idylle des Berner Hinterlandes. An mir zogen vorbei: schmucke Bauernhöfe, sanfte Hügellandschaften, goldene Herbstwälder, weidendes Simmentaler Fleckvieh. Aufrechte Bauern zogen auf ihren von den Ahnen ererbten Äckern schnurgerade Furchen zum Horizont hin, gesunde Buben und Mädchen in kurzen Hosen und rot-weiß-karierten Röcken fuhren auf ihren Rädern zur Schule, auf einer Bank saß ein zufriedener Greis und winkte mit dem Stock dem vorbeifahrenden Zug.

Ich wurde argwöhnisch. Dieser Friede, diese Eintracht, diese Harmonie – gab es so etwas wirklich? Oder wollte mich da jemand hereinlegen, unter Vorspiegelung falscher Tatsachen? Wie auch immer; solange wir mit 120 Stundenkilometern durch die Landschaft preschten, konnte nicht viel passieren.

Wenn jetzt bloß die Lokomotive keine Panne hat, dachte ich. Dann fühlte ich erste Anzeichen dafür, daß mein Verdauungstrakt durcheinandergeriet. Es rumpelte und polterte in meinem Magen, daß ich den Taktschlag der Räder auf den Schienen kaum mehr hören konnte. Ich kannte das: So reagierte ich zu Lebzeiten immer, wenn ich nervös wurde.

Die Lokomotive hielt durch, der Zug blieb nicht stehen. Nach Burgdorf verbesserte sich das Bild. Ein paar Lagerhäuser zeigten sich, zwei oder drei große Einkaufszentren, der Schweizer Hauptsitz einer japanischen Autofirma. Links bauten Bagger Autobahnspuren, rechts pflügten Bulldozer eine neue Bahnlinie durch den Wald. Mein Magen beruhigte sich.

Aber bei der Einfahrt in die Stadt Bern ging es wieder los, kurz vor sieben Uhr morgens. Ich röhrte wie ein Bauchredner, der einen brünstigen Elch nachahmt: Tief unter der Brücke zog die Aare ganz naturfarben, smaragdgrün und träge dahin, in der Morgendämmerung begrüßte mich die Skyline von Bern – Münster, Altstadt, Bundeshaus und so weiter –, und dahinter, es durften keine anderen Berge sein, glühten doch tatsächlich Eiger, Mönch und Jungfrau im Morgenrot. Die Postkarte.

Was ich eigentlich an jenem Morgen in Bern zu schaffen hatte, weiß ich nicht mehr. Etwas Berufliches wird es wohl gewesen sein, solche Dinge verlieren erstaunlich schnell an Bedeutung, wenn man tot ist. Ich erinnere mich aber deutlich, daß sich mein Magen umgehend entkrampfte, als wir in den Bahnhof einfuhren. Es war ein guter Bahnhof: massive Betonkonstruktion von international gültiger Häßlichkeit, frei von jedem Anspruch, heimelig oder gemütlich oder nett oder hübsch zu sein. Ich war erleichtert. Nach dem Anblick von Eigermönchundjungfrau hatte ich Schlimmeres erwartet: eine Chalet-Imitation vielleicht, oder eine Kopie der Bruder-Klaus-Kapelle. Aber nichts dergleichen – in diesem Bahnhof gab es kein Holz, keine Geranien, keine Berner Trachten, nichts. Mein Magen fand sein Gleichgewicht wieder. Beruhigt und voller Selbstvertrauen stieg ich hinunter auf den Bahnsteig. Vorsichtshalber würde ich mich trotzdem mit einem Kaffee stärken, bevor ich mich dieser glücklichen Stadt stellte. Die Bahnhofscafeteria mit ihrem hellblauen Neonlicht schien mir geeignet.

Der Angriff kam hinterrücks und unerwartet. »Weit der o grad no nes Gaffää?« fragte mich eine pausbäckige Kellnerin und strahlte mich rosig an. Giftige Gase begannen meinen Magen aufzublähen. Die Frau war glücklich, ganz ohne Zweifel – aber weshalb, um Himmels willen? Weil sie mir am Montag morgen um sieben Uhr einen Kaffee bringen durfte? Mein Mißtrauen steigerte sich zu panikartiger Wachheit. Zwar machte ich der pausbäckigen Kellnerin die Freude und bestellte einen Kaffee; gleichzeitig aber befiel mich eine wilde Sehnsucht nach den Quartierkneipen x-beliebiger Industriestädte, wo einem übellaunige Serviertöchter den Kaffee auf den Tisch knallten. Ich leerte meine Tasse und flüchtete.

Kaum hatte ich den schützenden Beton des Bahnhofs verlassen, stand ich auch schon mitten in der Altstadt, unbestrittenermaßen eine der schönsten Altstädte Europas, wenn nicht der ganzen Welt, jawohl. Aus Japan und den USA reisten die Leute an, um in Sandstein gebaute Lauben zu bestaunen, aus Südafrika, Schweden und Arabien kamen sie, um die Gassen zu fotografieren und die Brunnen und das Kopfsteinpflaster, den Zeitglockenturm, das Münster und all das. Und wenn die Touristen alles gesehen hatten, wurden sie aufgesogen von den Hunderten von Ladenpassagen, welche die mittelalterlichen Häuserzeilen zerfressen hatten wie der Rinderwahnsinn das Gehirn einer Kuh. Dort konnten sie dann alles kaufen, was sie zu Hause auch bekommen hätten, und waren glücklich.

Ich sah das alles und litt Schmerzen. Mein Bauch blähte sich wie eine riesige Kaugummiblase. Ich schnallte den Gurt zwei Löcher lockerer und ging weiter.

Die Altstadt war voller Menschen. Widerwillig ließ ich mich treiben durch die glückliche Herde, weiter und weiter durch die Gassen, die abwärts zum Fluß führten, und schaute in die Gesichter der Menschen, die an mir vorüberzogen. Ich geriet in Panik: Nicht nur die Touristen waren glücklich und jene perverse Kellnerin am Bahnhof – sondern alle, alle, alle! Am glücklichsten waren die Einheimischen: So zufrieden waren sie, so im reinen mit sich und der Welt, so glücklich, »o vo Bärn« zu sein, daß ich mir einsam und verdreckt vorkam wie ein Kohlegrubenarbeiter in einer Hochzeitsgesellschaft. Und alle, alle waren gesund und hatten Wangen, so rosa und leuchtend wie Eiger, Mönch und Jungfrau im Morgenrot. Ich lehnte mich an eine Sandsteinmauer und krümmte mich unter Krämpfen. Welche Suppe brodelte da in meinem Bauch? Ich wollte mich erleichtern, jetzt, sofort. Ich preßte wie eine werdende Mutter in den Wehen, aber die Gase wollten ihren Weg durch meine Gedärme nicht finden. Also kämpfte ich mich vorwärts.

Bis dahin hätte ich es vielleicht noch schaffen können, zurück zum Bahnhof und hinaus ins richtige Leben. Aber dann war ich einen Moment unaufmerksam, und so nahmen die Dinge ihren Lauf. Ich gaffte gerade einer besonders glücklichen Kleinfamilie nach – perfekt nach deutscher Industrienorm (DIN) gefertigt, sieht man selten, heutzutage –, da stieß ich mit einem Fixer zusammen und warf ihn über den Haufen. Ich schaute auf ihn nieder und war erschüttert: Vor mir auf dem Kopfsteinpflaster lag ein glückliches Häuflein Elend. Oder war es ein elendes Häuflein Glück? Ein häufiges Elend im Glück? Wie auch immer: Der Fixer war mager und bleich und zittrig wie alle Fixer überall auf der Welt, aber er war glücklich. Auch er hatte sich dem Imperativ des Glücks gebeugt, der in dieser Stadt herrschte.

»Oh, hoppla!« sagte der Fixer und lächelte selig zu mir hoch.

Ich packte den Mann an seinem von tausend Nadelstichen vernarbten Arm und stellte ihn wieder auf die Beine. Der glückliche Fixer sagte »Danke vielmals«. Das hätte ich vielleicht ja noch ertragen. Aber dann griff er in seine Jackentasche und bot mir seinen Pausenapfel an. Das hätte er nicht tun dürfen. Das war zuviel für meinen Verdauungsapparat: Der Magen verdoppelte seine Gasproduktion, und die Gedärme verkrampften sich derart, daß an den erlösenden Furz gar nicht mehr zu denken war. Mächtig wölbte sich mein Bauch, die

Hose spannte, bis der Knopf abriß und leise über das Kopfsteinpflaster davonrollte.

Ich ließ den Fixer stehen und ging weiter. Nach zwei Schritten blieb ich abrupt stehen. Hatte ich plötzlich Siebenmeilenstiefel an? Während dieser zwei Schritte waren ein ganzes Gartenrestaurant und eine halbe Modeboutique an mir vorübergezogen. Ich drehte mich nach dem Fixer um: Er stand gut und gerne zehn Meter hinter mir und streckte mir immer noch lächelnd seinen Pausenapfel entgegen. Zehn Meter in zwei Schritten, das widersprach all meinen Erfahrungswerten. Vorsichtig hob ich den linken Fuß und setzte zu einem Schritt an – schon waren die halbe Boutique und ein Viertel des Gartenrestaurants wieder an mir vorbeigehuscht.

Mir war sofort klar, was los war. Es waren die Gase – ich war auf dem besten Weg, ein humanoider Heißluftballon zu werden. Entweder ließ ich jetzt auf der Stelle einen viertelstündigen Furz fahren, oder ich mußte Ballast zuladen, wenn ich von meinen Biogasen nicht in die Stratosphäre geschleudert werden wollte. Ich schloß die Augen und versuchte meine Gedärme zu entkrampfen.

Erfolglos.

Die Erlösung kam in Gestalt einer weißhaarigen Frau, die mit zwei prallgefüllten Einkaufstaschen auf mich zukam.

»Diese Taschen – darf ich Ihnen diese Taschen abnehmen, Madame?«

Ich schnappte mir die Taschen, bevor die Frau antworten konnte. Gemeinsam gingen wir die Gerechtigkeitsgasse hinunter. Die Frau nannte mich einen netten jungen Mann und wollte wissen, ob ich »o vo Bärn« sei, während ich neben ihr herglitt wie ein halbgefüllter Luftballon, den der Wind übers Kopfsteinpflaster treibt.

Aber schon nach wenigen Schritten wollte die Frau partout in die Straßenbahn einsteigen. Die zwei Einkaufstaschen nahm sie mit. Ich blieb stehen und schaute der Straßenbahn nach, die mit fröhlichem Gebimmel unter dem Zeitglockenturm verschwand. Mit einer Hand hielt ich mich an einer Halteverbotstafel fest, um nicht vom Winde verweht zu werden, mit der anderen strich ich über meinen mächtigen, gasgefüllten Bauch. Trotz der schmerzhaften Krämpfe mußte ich lachen: Die Gase hatten mich so weit aufgetrieben, daß ich mit den Fingerspitzen den Bauchnabel nicht mehr erreichte. Was war ich dick! So schlimm war es noch nie gewesen. Meiner gesprengten Hose und meines über dem Bauch in Fetzen gerissenen Hemdes schämte ich mich nicht. Sollten die Leute doch gaffen, wenn sie wollten. Von ihnen ging keine Gefahr aus. Was mich bedrohte, war das Blau des Himmels, das mich mit gewaltiger Kraft magnetisch anzog. Versuchsweise hob ich vorsichtig beide Füße, während ich mich an der Halteverbotstafel festhielt. Rund einen Meter über dem Kopfsteinpflaster verschränkte ich die Beine zum Schneidersitz. Nur langsam, langsam rutschte meine Hand der Stange entlang abwärts, bis mein Hintern sachte auf dem Boden aufsetzte und zwei-, dreimal nachfederte. Ich war ein Heißluftballon. Ein richtiger kleiner Zeppelin. Ein aufgeblasener Ikarus. Ein gasgefüllter Engel ohne Flügel.

Am Halteverbotsschild lehnte ein altes holländisches Damenfahrrad, gut zwanzig Kilogramm schwer, genau das richtige für meinen Zweck. Das Hinterrad war mit einer dicken Eisenkette abgeschlossen. Um so besser. Ich wollte das Rad nicht fahren, sondern tragen.

Ich kann es heute zwar nicht mehr beschwören, aber wahrscheinlich war ich in jenem Moment noch immer unterwegs zu meiner beruflichen Verabredung. Im nachhinein ist doch kaum zu glauben, zu welch schwerwiegenden Fehlentscheiden der Mensch fähig ist: Denn selbstverständlich hätte ich angesichts meiner lebensbedrohlichen Situation alle professionellen Pflichten in den Wind schlagen müssen. Hätte ich jenes Damenfahrrad zum Bahnhof getragen und wäre in den nächsten heimwärts fahrenden Zug geschwebt, so hätte ich spätestens in Rothrist einen gewaltigen Wind fahrenlassen. Schnell hätte ich das Fenster meines Abteils aufgerissen, die Gase hätten sich himmelan verflüchtigt, behende wäre ich im Bahnhof Olten ausgestiegen, im Vollbesitz meiner Erdenschwere wäre ich hinunter ins Industriequartier gelaufen, hätte ein Bad genommen – im ewigen Wogen stinkender Lastwagen, mürrischer Staplerfahrer und verbitterter Fließbandarbeiterinnen, und alles wäre gut gewesen.

Statt dessen ging ich weiter die Berner Gerechtigkeitsgasse hinunter. Der Auftrieb der Gase und das Gewicht des Fahrrads hielten sich in etwa die Waage, so daß ich mich fast so unauffällig fortbewegte wie ein Einheimischer mit harmonieresistentem Verdauungstrakt. Mit dem Unterschied allerdings, daß ich ein holländisches Damenfahrrad auf der Schulter trug, das mit einer Eisenkette abgeschlossen war.

Dann sah ich zwei Polizisten. Zwei typische Berner Polizisten. Leicht dicklich – so was weckt Vertrauen – und gemütlich. Sie waren eben dabei, mit ihren Gummiknüppeln zufrieden grinsend einen glücklichen Penner aus einer Ladenpassage zu prügeln. Auf dem Gehsteig ging der Penner mit blutendem Schädel zu Boden. Schelmisch lachend zeigte er den Polizisten den Drohfinger, als diese seinen Schlafsack in den regennassen Rinnstein warfen und darauf herumtrampelten. Dann gingen alle ihrer Wege. Der Penner wischte sich das Blut aus den Augen und verschwand in der Menschenmenge. Die Polizisten setzten sich in ihr Auto und gaben ihren neusten Streich über Polizeifunk zum besten.

Die zwei Polizisten wirkten zwar gemütlich und vertrauenerweckend, aber ich wollte mich trotzdem nicht vor ihnen zeigen. Ich befürchtete, daß das abgeschlossene Damenfahrrad auf meiner Schulter die beiden Ordnungshüter irritieren würde. Und daß sie für meine Verdauungsstörungen Verständnis aufbrachten, konnte ich nicht erwarten. Ich zog mich deshalb diskret in eine Seitengasse zurück, als die beiden wieder aus dem Streifenwagen ausstiegen. Unglücklicherweise klapperte in dem Moment eine Pferdekutsche einschließlich eines glücklich wiehernden Schimmels heran. Auf dem Bock saß eine blondgezopfte Jus-Studentin, die sich auf diese vergnügliche Art das Stipendium aufbesserte. In der Kutsche selbst hatte – hol's der Teufel! – die glückliche DIN-Familie Platz genommen. Erst jetzt fiel mir auf, daß die zwei Kinder Pfadfinderuniformen trugen. Sie sangen ihrer Mutter ein Liedlein.

Das gab mir den Rest: Denn erstens produzierte mein Magen einen weiteren Schub Gase, daß ich glaubte, ich müsse zerplatzen wie der Frosch im Märchen; und zweitens war ich gezwungen, auf der Flucht vor den Pferdehufen wieder auf die Gerechtigkeitsgasse hinauszulaufen – direkt in die Arme der zwei gemütlichen Polizisten.

»Hehe, nume nid gschprängt«, sagte der eine Polizist.

Ich sagte »Entschuldigung«.

»Was heit dir de da binech?« fragte der andere Polizist.

»Ein Damenfahrrad«, sagte ich. Mit Entsetzen fühlte ich, daß meine Schuhe kaum mehr das Kopfsteinpflaster berührten. Ich schwebte. Ich mußte unbedingt Ballast zuladen.

Das Gegenteil geschah. »Zeiged emau«, sagte der erste Polizist und nahm mir das Fahrrad von der Schulter.

Ich ließ es geschehen. Mir fehlte die Kraft, mich an das Fahrrad zu klammern, zu streiten, zu erklären, zu beschwören und um noch mehr Ballast zu bitten. Ich wußte, daß ich von vornherein auf verlorenem Posten stand. So ließ ich denn kampflos zu, daß das Rad langsam von meiner Schulter glitt; und in dem Moment, da sich dessen Gewicht definitiv von mir löste, nahm ich meinerseits Abschied vom Planeten Erde. Ich verlor den Boden unter den Füßen, mein Körper machte eine Vierteldrehung um den Bauchnabel, und dann schwebte ich, meinen gewaltigen Wanst der Sonne entgegengestreckt, sanft wie eine Seifenblase himmelan. Einige halbherzige Versuche unternahm ich noch, mich an der Fassade des nahen Patrizierhauses festzuklammern; ich bekam aber nur ein paar Geranien zu fassen, von denen mir nichts als die roten Blütenblätter in den Händen blieben. Schnell hatte ich die Giebel der schönsten Altstadt der Welt unter mir zurückgelassen. Ich drehte mich auf den Bauch, um der Welt beim Kleinerwerden zuzuschauen.

Auf etwa 2000 Metern Höhe betrachtete ich die Geranienblütenblätter in meiner Hand. Soll ich sie mitnehmen oder loslassen? dachte ich noch. Dann erfor ich ziemlich schnell und war tot, und seither fliege ich tiefgefroren durchs All auf der Suche nach jenem Ort, der möglichst weit entfernt ist von Städten wie Bern. Die Blütenblätter habe ich immer noch in der Hand. Ich lasse sie nicht los, was immer auch geschehen mag.

Leite mich, Voyager I!

Ich hatte mitgewollt zur Frauenärztin. Ingrid hatte alleine hingehen wollen, aber ich hatte mich durchgesetzt, und jetzt waren wir hier. Ingrid lag auf einer schwarzen Lederpritsche und hatte den Pullover bis unter die Brust hochgezogen. Vertrauensvoll lächelte sie zur Arztgehilfin hoch, die mit einer Apparatur hantierte. Die Arztgehilfin lächelte zurück. Die beiden verstanden einander, kein Zweifel. Ich war nicht da, überhaupt nicht da. Ich stellte mich ruhig in eine Ecke und betrachtete Ingrids nackten Bauch – Ingrids wunderbaren, warmen, weichen Weiberbauch. Ich musterte ihren Bauchnabel; wenn sie so lang ausgestreckt dalag, war er keine runde Mulde wie mein eigener, sondern eine vertikale Spalte, deren Tiefe mit bloßem Auge nicht zu ergründen war.

Dann trat die Ärztin ein. Frau Koulhanek oder so ähnlich, Tschechin, Frauenärztin, etwa fünfzig Jahre alt, kräftig wie eine Kugelstoßerin. Sie walzte zur Pritsche und sagte »Gutän Tag, Frau Widmär«. Mich sah sie nicht, und mir behagte die Frau nicht. Sie gehörte zu jener Sorte Mensch, die ihre Weltanschauung inklusive ihres persönlichen Schicksals permanent im Gesicht spazierenführt; das Lächeln, mit dem sie durch eine dicke Hornbrille auf Ingrids Bauch hinunterschaute, sagte alles. »Schau mich an, mein Kleines«, wollte dieses Lächeln zu Ingrid sagen. »Ich bin im Leben schwer geprüft worden, ich bin eine Frau wie du, und deshalb bin ich auch so ungeheuer solidarisch mit dir.« Das Lächeln erzählte einem alles über ihre schweren Prüfungen, ob man es nun wissen wollte oder nicht. Selbstverständlich hatte Frau Koulhanek vor den Kommunisten aus ihrer Heimat flüchten müssen. Schrecklich, so ein Leben fernab der Scholle, entwurzelt und so weiter, zurückgeworfen auf sich selber. Aber immerhin hatte sie sich in der Heimat noch schnell ein Medizinstudium bezahlen lassen, bevor sie sich entschied, den Kommunismus unerträglich zu finden. Das erlaubte ihr zwar im Westen ein Leben in Saus und Braus, aber schrecklich war so ein Schicksal trotzdem, und die Frau war ja ungeheuer tapfer und so weiter und so weiter. Das alles erzählte das breite, flaumige Gesicht der Frau. Schamlos. Tagein, tagaus. Seit mindestens fünfundzwanzig Jahren.

»Na, dann wollän wir Kindchen mal ansahän«, sagte Frau Koulhanek und ließ sich von der Arzthelferin eine fleischfarbene Tube reichen. Sie drückte durchsichtiges, farbloses Gelee heraus und rieb damit Ingrids Bauch ein.

»Sind Chände nicht zu kalt?« fragte sie. Ich regte mich auf. Die Frau hatte in fünfundzwanzig Jahren nicht anständig Deutsch gelernt; man hätte ja sonst für einen Moment ihre faszinierende Lebensgeschichte vergessen können. Aber Ingrid lächelte nur und schüttelte den Kopf.

Dann nickte die Ärztin ihrer Helferin zu und sagte »Gut«. Ein Bildschirm wurde eingeschaltet. Frau Koulhanek nahm etwas wie einen Handstaubsauger zur Hand. Auf dem Bildschirm begann es zu flimmern, und irgendwo rauschte ein Lautsprecher. Frau Koulhanek setzte den Handstaubsauger auf Ingrids wunderbaren Bauch; sofort wurde das Rauschen zu einem Wummern, und auf dem Bildschirm erschienen verschwommen helle und dunkle Flecke. Das Ganze erinnerte mich an Satellitensignale aus der Tiefe des Weltalls. Voyager I auf der Suche nach unbekannter Intelligenz. Verloren im unendlichen Dunkel von Ingrids Bauch segelte mein Kind durch den Kosmos, schon einen ganzen Zentimeter groß vielleicht, und sein Herz sendete Signale auf diesen Bildschirm da. Warum war diese Pritsche so schmal? Ich hätte mich neben Ingrid legen wollen; dann hätten wir die Ärztin und ihre Gehilfin hinausgeschickt und hätten unsere Antennen gemeinsam auf Empfang geschaltet.

»Ah, da ist Kindchän schon«, sagte Frau Koulhanek und strahlte. Das Strahlen pflanzte sich auf Ingrids Gesicht fort und von dort auf jenes der Arztgehilfin. Ich wollte Kindchen auch sehen und reckte den Hals; in dem Moment schwenkte die Arztgehilfin den Bildschirm so, daß Ingrid im Liegen bequem darauf sehen konnte. Mir blieb nur die Ansicht der staubigen Rückwand mit Kabeln und Anschlußbuchsen und Etiketten mit englischen Beschriftungen – aber ich verstand, nahm mich nicht zu wichtig, schwieg und blieb stehen, wo ich war.

»Schauän Sie, das ist Rückgrat von Kindchän«, sagte die Ärztin. Eine unbändige Freude breitete sich in mir aus: Kindchen hatte schon Rückgrat! Ich hätte viel darum gegeben, das Rückgrat unseres kleinen Astronauten zu sehen statt der staubigen Kabel und Anschlußbuchsen.

»Schönäs Rückgrat, alläs gut. Da, diese schwarze Punkt, das ist Blase, voll mit Urin, sähen Sie ... und jetzt, wir suchen kleine Beinchen.«

Ich beobachtete, wie der Handstaubsauger über Ingrids Bauch glitt. Ich wartete darauf, daß Frau Koulhanek den Fund der Beinchen verkündete. Hin und her glitt der Handstaubsauger; die Blicke der drei Frauen waren starr auf den Bildschirm gerichtet, und ich versuchte an ihren Gesichtern abzulesen, was sie wohl sehen mochten. Alle suchten wir Beinchen, je länger, desto dringender. Dann wich das Lächeln aus Ingrids Gesicht und machte großem Ernst Platz; die Ärztin aber lächelte unerbittlich weiter. Der Handstaubsauger durchforstete Ingrids Bauch von Norden nach Süden und von Westen nach Osten, aber auf dem Bildschirm tauchten anscheinend keine Beinchen auf. Die Zeit blieb stehen – nein, sie blieb nicht stehen: Die Zeit blieb über dem Abgrund hängen wie eine Trickfilmfigur, die eine Sekunde später in eine absurd tiefe Schlucht stürzen wird.

Die drei Frauen blieben ganz ruhig; ich aber fing an zu vibrieren. Wo zum Teufel blieben die Beinchen? Ich dachte an das nahe Atomkraftwerk, an Nitrat im Salat, an meine Alkohol- und Drogenexzesse. Zum ersten Mal machte ich mir Sorgen um die Qualität meines genetischen Materials – und Ingrid? War nicht ihr Vater an einem Gehirntumor gestorben? Würden wir ein Krüppelchen zur Welt bringen? Kindchen ohne Beinchen? Gab es überhaupt Rollstühle für Kinder? Können Frau und Mann ohne Beine Liebe machen? Hatten wir das Recht, unser kleines Monstrum am Leben zu erhalten? War es nicht vielmehr unsere Pflicht, dieser Kreatur ein paar unnütze Jahre der Qual zu ersparen? Andererseits: Was hieß schon nützlich? Was unnütz? Und warum hatte Gott diese Welt dermaßen grausam eingerichtet mit diesem endlosen Werden und Vergehen? Wozu diese ewige Foltermaschinerie, die Schönheit, Kraft und Glück nur gebar, um sie in Trauer, Schmerz und Auflösung enden zu lassen?

Nach unendlich langer Zeit hielt ich es nicht mehr aus und schrie: »Ja was denn nun – keine Beinchen, oder was?«

Frau Koulhanek schaute mich an. Ihre Brillengläser reflektierten das Bild sowjetischer Panzer, die in Prag einrollen. Ich schlug meinen Blick nieder zu Ingrid. Zwischen ihren Augen hatte sich jene vertikale Zornesfalte gebildet, die nichts Gutes verhieß.

»Bittä schreien Sie hier nicht chärum«, sagte Frau Koulhanek. »Wir arbäiten nämlich, wissen Sie?«

Ich schloß die Augen. »Entschuldigung.«

Es dauerte noch eine Weile, dann sagte Frau Koulhanek: »Ach, da sind Beinchen ja, wunderschöne Beinchen.«

Da waren wir alle sehr erleichtert.

Als wir auf die Straße traten, regnete es.

»Wann mußt du zur Arbeit?« fragte Ingrid.

»Jetzt. Meine Schicht fängt in zehn Minuten an. Um Mitternacht bin ich zu Hause.«

Unser Abschiedskuß war ein hundertjähriger Greis. Der Mumiengeschmack auf meinen Lippen erfüllte mich mit Grauen. Mein Gott, was ist nur geschehen, dachte ich, als ich in der hereinbrechenden Dämmerung über die Straße lief.

Als ich nach Hause kam, war alles dunkel. In der Küche schwebte Ingrids Mandelgeruch, den ich so sehr liebte. Ich machte kein Licht, sondern hangelte mich am Duft vorwärts wie ein Blinder am Geländer einer fremden, heimtückischen Treppe. Leise wie eine Schneeflocke trudelte ich im Schlafzimmer ein, zog mich aus und legte mich neben Ingrid aufs Bett. Sie hatte sich der Wand zugedreht. Seit einiger Zeit schlief sie immer so; sie kroch beinahe in die Wand hinein wie eine Katze, die sich ins dichte Unterholz zurückzieht. Bis vor ein paar Wochen war die Betthälfte an der Wand meine Seite gewesen, aber jetzt hatten wir getauscht, ohne Worte, ohne Erklärung, in stillem Einvernehmen. Ich sah eine kühle, weiße Schulter, von der die Bettdecke abgerutscht war, und ich sah einen Haufen in unruhigem Schlaf zerwühlte Haare, dicht an der geblümten Schlafzimmertapete. Im fahlen Licht der Straßenlaterne zog sich unter der Decke eine wunderbare Linie von Ingrids Schulter über die Taille bis zur Hüfte. Von ferne roch ich am Haar, unter dem ihr Gesicht versteckt sein mußte, und am Nacken, wo der Mandelgeruch am stärksten war.

Ich hörte mein eigenes Herz schlagen; ich dachte an die glücklichen Sommertage, als Ingrid und ich auf einer Blumenwiese gelegen hatten und jeder den Herzschlag des anderen an seiner eigenen Brust gefühlt hatte. Neben mir Ingrids Herz, das immer etwas schneller schlug als meines, unter mir das Rauschen der Erdrotation und überall der Jubel des Lebens und so weiter.

Aber jetzt war November, das Gras war welk und die letzte Blume längst erfroren. Ich dachte an das winzig kleine Herz, das tief in Ingrids Bauch ungeduldig und rasend schnell auf ein langes Leben hinschlug, an Ingrids Puls, der die zweite Stimme spielte, und ich fühlte mich allein.

Vorsichtig wie ein Geheimagent beim Entschärfen einer Zeitbombe tastete ich unter dem blonden Haar nach Ingrids Gesicht. Ich wollte sie küssen vor dem Einschlafen, am liebsten auf die Stirn, und leise »gute Nacht« sagen, und dann wollte ich, daß wir beide in gemeinsamer Zufriedenheit einschliefen. Sachte drang ich durch den blonden Wald dahin vor, wo ich Ingrids Gesicht vermutete. Plötzlich stießen meine Fingerspitzen auf Grund, und ich erschrak: Was war dieser harte Gegenstand, auf den ich da mitten in Ingrids Gesicht gestoßen war? Vorsichtig kundschaftete ich die nähere Umgebung aus, und dann fand ich mich zurecht: Der harte Gegenstand war das Stück Schädel, das gleich unter dem Auge hart an die Oberfläche stößt – das sogenannte Jochbein, nichts weiter, kein Grund zur Beunruhigung. Ich lächelte und ertastete die ganze ovale harte Umrandung von Ingrids eisblauen Husky-Augen. Als ich auf meinem Rundgang wieder unten beim Jochbein ankam, rutschten meine Fingerkuppen auf einer Träne aus. Fragend legte ich meine Hand auf Ingrids Wange, und Ingrid flüsterte: »Was du da gefühlt hast, ist mein Totenschädel. Ich habe einen Totenschädel unter dem Gesicht. Du hast auch einen, und sogar das Kind hat schon einen. Das einzig Harte an unseren Köpfen sind die Totenschädel. Und jetzt laß mich in Ruhe, bitte. Ich will allein sein.«

Ich zog meine Hand zurück, rutschte an meinen Bettrand hinüber, und dann lagen wir beide lang ausgestreckt im Dunkel und weinten tonlos. Irgendwann schlief Ingrid ein. Ich fühlte, daß ich ohne ein paar Betäubungsbier kein Auge zumachen würde. Im Licht der Straßenlaterne zog ich mich an und floh.

Mit dem Rad in die Stadt, so schnell es ging, mit aller Kraft. Der Nebel war so dick, daß sogar die Krähen am Straßenrand zu Fuß gingen. Augenblicklich fühlte ich mich besser. Ein Geruch nach Schnee hing in der Luft und schnitt mir in die Lungen; feine Wassertropfen blieben in meinem Haar hängen, und unter mir surrte leise die Fahrradkette über die Zahnräder. Meine Beinmuskulatur arbeitete hervorragend, die prallgefüllten Pneus flogen leicht über den Asphalt, ich kannte den Weg – es war alles in Ordnung, ich wußte wieder, wo's langging. Dort vorne warteten Menschen auf mich; ich würde Bier trinken, rauchen, tanzen, leichthin daherreden. Und vielleicht würde mich irgend jemand anlächeln und verstehen, ohne zu wissen.

Rein ins »Oasis«, Eintritt bezahlt, schnell die Treppe hinauf. Da stand ich nun wieder, zum tausendsten Mal, lehnte an meiner Plastikpalme an der Bar und süffelte Bier. Mit einem völlig unverhältnismäßigen Gefühl der Zärtlichkeit beobachtete ich die Menschen: den traurigen Franz, der seit zehn Jahren darauf wartete, daß seine Pia aus Brasilien heimkehren möge; Petra und André, die sich pausenlos stritten und versöhnten; die eitle Jessica, der noch nie einer gut genug gewesen war; das zynische Lästermaul Paul, mit dem doch alle nur Mitleid hatten – und all die anderen, die einsam oder fröhlich oder verliebt oder traurig oder betrunken die Kunstledersessel des »Oasis« bevölkerten.

Dann fiel mein Blick auf den großen Spiegel an der gegenüberliegenden Wand. Darin entdeckte ich erst meine Plastikpalme und dann mich selbst. Ich betrachtete mich ganz unvoreingenommen. Dort stand ich nun also, wie immer und immer wieder seit zehn Jahren, ein wurstiger Salonlöwe in wechselnden Provinzdancings. Bravo, mein Lieber, bravo! Die Jahre mögen vergehen, die Alpen mögen zerbröseln, das Polareis mag schmelzen; eine Frau mag dich lieben, du magst sogar Vater werden – aber ändern tust du dich nicht. Es bleibt immer alles beim alten: Du bist der Plastikpalmen

Mann mit dem öligen Verführerblick, das hast du wirklich drauf, gratuliere. Keiner säuft dunkles Bier so cool wie du, keiner läßt wie du den Zigarettenrauch durch die Nase strömen, keiner mustert die Weiber mit so unergründlich rätselhaftem Blick unter dunklen Augenbrauen. Und das, während dort draußen eine Frau in einem tränennassen Kissen liegt und dein Kind austrägt. Gratulation! Dasselbe bleibt dasselbe, und immer und immer und immer wieder bleibt alles beim alten. Ich wandte mich von meinem Spiegelbild ab und bestellte einen Klaren.

»Kaffee?« sagte die Kellnerin hinter dem Tresen.
»Einen Klaren.«
»Espresso?«
»Einen Klaren.«
»Schwarz oder braun?«
Ach so. Die Frau war von der mütterlichen Sorte. Skrupulöse Kellnerin. Wollte mich zum Maßhalten animieren.

»Schon gut«, sagte ich. »Jetzt bring mir einfach einen Klaren, bitte.«
»Wie du meinst. Und dann reden wir ein wenig, ja?«
Und dann ging ich doch tatsächlich hin und erzählte der fremden Frau meine Geschichte. Ich erzählte von meiner mißglückten Kontaktaufnahme mit Voyager I, ich sprach von Totenköpfen, ich beschrieb den Mandelduft, nach dem ich so verrückt war, und ich redete vom Sommer, der unwiederbringlich dahin war.

Hin und wieder lief die fremde Frau ans andere Ende des Tresens, um diesem oder jenem Kunden das Glas aufzufüllen. Dadurch entstanden Gesprächspausen, in denen ich mich selbst verfluchte: Bravo, gratuliere, jetzt bist du soweit! Du bist der Meine-Frau-versteht-michnicht-Mann, der nachts um zwei eine Kellnerin vollquatscht und Schnaps zu zwölffünfzig säuft, statt für die Ausbildung seiner Kinder zu sparen – bravo, bravo! Sofort hörst du jetzt auf zu quatschen, bezahlst und gehst nach Hause!

Aber dann kam die Frau zurück, und ich erzählte weiter und immer weiter, bis das große Deckenlicht anging. Die Frau putzte den Tresen und den Schankhahn und die Spüle, und als sie mit allem fertig war und ich noch immer dasaß, sagte sie:

»Magst nicht heimgehen, wie? Du hast Glück, ich mag auch noch nicht schlafen, so kurz nach Feierabend. Wenn du magst, können wir in meinem Zimmer noch ein Glas trinken. Es ist gleich um die Ecke.«

Nur ganz schwach regte sich in mir noch Widerstand; nur ganz schwach, tief innen. Aber ich sagte: »Wenn du meinst.«

Die fremde Frau führte mich in einen dunklen Hinterhof. Mitten auf dem Platz stand ein zweistöckiger, würfelförmiger Neubau, bei dem aus einer Röhre weißer Wasserdampf in die Nacht strömte. Das war die Wäscherei des Hotels »Continental«, zu dem auch das »Oasis« gehörte. Die Zimmer der Angestellten lagen in der ersten Etage über der Wäscherei. Die Frau schritt zielstrebig durch den Wasserdampf, und ich trottete hinterher. Eine Tür ging auf, dann ging's ein lindengrün gestrichenes Treppenhaus hoch, durch einen lindengrünen Flur und eine rosa Tür hinein in ein drei mal drei Meter großes Zimmer. An der Decke hing eine nackte Neonröhre. Auf einem schmalen Bett mit violettem Überwurf grinste eine Mickymaus aus Plüsch.

»Erst muß ich Karlchen was zu essen geben«, sagte

die Frau fröhlich und machte sich in einem Schrank zu schaffen.

»Wer ist Karlchen?« fragte ich und ließ meinen Blick durch das Zimmer schweifen.

»Warte, ich stelle dich vor.«

Die Frau ging zum Fenster und hob ein Tuch auf. Es kam ein Käfig zum Vorschein. Ein Hamsterkäfig mit einem Hamster drin. Ich machte die drei Schritte zum Fenster und kniete mich neben der Frau hin. Die Frau schüttete Körner in eine Schale und sagte: »Siehst du, das ist Karlchen – jetzt braucht er noch Wasser. War ja den ganzen Abend alleine, der Ärmste.«

Karlchen machte sich über die Körner her, während die Frau mit einer zweiten Schale aus dem Zimmer ging, um Wasser zu holen. Karlchen gefiel mir gut mit seiner Schnüffelnase, den schnellen schwarzen Äuglein, dem struppigen Fell und dem runden Bauch. So ein kleiner Bauch, kaum ein paar Zentimeter Durchmesser, und doch mußte alles drin Platz haben, was es für ein Säugetier braucht: Herz, Lungen, Nieren, Leber, Magen, Darm, Milz und so weiter. Faszinierend, diese Miniaturisierung.

Die Frau kam mit dem Wasser zurück und stellte die Schale in den Käfig. Karlchen stellte das Fressen ein und rannte ans andere Ende des Käfigs, wo das Wasser stand. Was heißt, er rannte: Er humpelte auf drei Beinen, wippte mit dem Kopf mühsam auf und ab und mit dem Hintern hin und her, kam aber doch glücklich bei der Wasserschale an. Jetzt zeigte mir Karlchen seine zweite Seitenansicht, und ich konnte es sehen: Ihm fehlte das rechte Hinterbein. Da war kein Stummel, auch kein conterganartiger Wurmfortsatz, sondern nichts. Rein gar nichts. Ich war entsetzt.

»Hat er ... ich meine, hat Karlchen nur drei Beine?«

Sie lachte. »Das siehst du doch! Aber mach dir nichts draus, Karlchen ist das gewohnt. Er weiß gar nicht, wie es ist, auf vier Beinen zu laufen. Und wir sind ganz glücklich zusammen, nicht wahr, Karlchen?«

Karlchen soff zufrieden Wasser. Ich schluckte leer und stierte auf Karlchens Hintern. Nacktes Grauen packte mich, eine abgrundtiefe Angst, rasende Panik.

»Hat er ... ist es ein Geburtsfehler?«

Die fremde Frau lachte schon wieder. »Nein, das nicht gerade. Karlchen hat sich das Bein selbst abgemurkst, kurz nach seiner Geburt, als er ein paar Tage alt war, zwischen den Gitterstangen des Käfigs. Der Händler wollte Karlchen in den Müll schmeißen. Ich war zufällig da und habe ihn mitgenommen – umsonst. Dafür lieben wir uns auch doppelt so sehr, nicht wahr, Karlchen?«

Mir war schlecht. Ich stand auf. »Entschuldige, ich muß gehen, jetzt gleich, sofort ... bitte verzeih, ich muß ...«

Und dann rannte ich los, hinaus in die Nacht, und rannte und rannte und rannte. Irgendwann blieb ich stehen und ging langsam zurück. Ich hatte mein Fahrrad vergessen.

Ein paar Stunden später ging über dem Nebel singend und lachend die Sonne auf. Am Boden aber kündigte sich mürrisch ein Tag an, der sich niemals vom Bleigrau des Nebels befreien würde. Ich saß unrasiert am Frühstückstisch, hatte Kopfschmerzen bis in die Haarspitzen und starrte auf die Kühlschranktür. Neuerdings klebten dort drei Magnete, mit denen man irgendwelche Zettel befestigen konnte – Einkaufszettel zum Beispiel oder lustige Zeitungsausschnitte oder Postkarten oder Nicht-vergessen!-Zettel. Die Magnete waren mit aufgestecktem Plastik verkleidet: der eine als Hot dog, der zweite als Hamburger, der dritte als Soft-Eis. Was zum Teufel sollte das? Wir waren doch bisher wunderbar ohne diese Magnete ausgekommen! Die Magnete waren mir suspekt – Trojanische Pferde möglicherweise, die hier einen neuen Lebensstil einschmuggeln würden. Ich mußte auf der Hut sein. Mißtrauisch musterte ich Ingrid. Sie war frisch geduscht, ihr Haar war naß, und ihre Augen leuchteten. Ich beschloß, die Magnete unerwähnt zu lassen. Ingrid summte ein Kinderlied und lächelte ihren Milchkaffee an.

»Du hast eine üble Schnapsfahne, mein Lieber«, sagte sie, ohne mit ihrem Lächeln zu mir herüberzuschwenken.

»Das nehme ich an, ja. Ich bin gestern ... noch einmal ausgegangen, weißt du?«

»Ja, ich weiß. Ich höre dich immer, wenn du kommst oder gehst. Meistens gehst du zwar; ich habe das Gefühl, daß du viel öfter gehst als kommst. Aber das ist ja streng logisch gar nicht möglich, nicht wahr?«

»Ich weiß nicht. Nein, wahrscheinlich ist das nicht möglich, streng logisch gesehen.« Ich war nicht recht bei der Sache. Vor meinem inneren Auge spielte sich ein Videoclip ab, in dem Astronauten, dreibeinige Hamster und Totenköpfe vorkamen. Und dann waren da noch diese Magnete. Aber Ingrid war unerbittlich; sie wollte ihre Frage abschließend geklärt haben.

»Ich glaube wirklich, mein Gefühl täuscht mich. Du kannst nicht öfter gehen als kommen. Denn um zu gehen, mußt du ja vorher gekommen sein, nicht wahr?«

»Und umgekehrt.«

»Was, und umgekehrt?«

»Ich kann nur gehen, wenn ich gekommen bin, und um zu kommen, muß ich vorher gegangen sein. Kommen und Gehen setzen einander beide voraus. Immer wieder, endlos.«

»Ja«, sagte Ingrid. Der Milchkaffee mußte wirklich ein toller Bursche sein, daß sie ihn immer noch anlächelte.

»Ja«, sagte auch ich.

»Aber warum habe ich dann dieses Gefühl? Das Gefühl, daß du viel häufiger gehst als kommst?«

Ich schloß die Augen und hielt wieder einmal Zwiesprache mit Gott. Herr, was bestrafst du mich? Was auferlegst du mir dieses quälende Gespräch mit der Frau? Was habe ich falsch gemacht? Wofür büße ich? Ist es die fremde Frau, oder ist es die Sauferei? Für den Hamster kann ich nichts, Herr; wenn es der Hamster ist, dann laß mich bitte in Frieden, nur eine Stunde oder zwei, bis die Kopfschmerzen weg sind und ich wieder fit bin.

»Bist du noch da? Ich rede mit dir!«

»Ja, selbstverständlich. Also, ich glaube, du nimmst meine Abschiede wichtiger als meine Ankünfte. Deshalb überwiegen sie in deinem Empfinden, und du glaubst, es wären auch zahlenmäßig mehr.« Ich war zufrieden mit mir. Das war eine Antwort, einwandfrei, da gab es nichts zu meckern.

»Du sprichst von meinen Gefühlen«, wisperte Ingrid und himmelte ihren Milchkaffee an. Das mußte Rodolfo-Valentino-Kaffee sein, verflucht schön und unanständig sinnlich. Nächstens würde Ingrid die Tasse küssen. »Du sprichst von meinen Gefühlen, dabei hast du nicht die geringste Ahnung.«

»Allerdings.«

»Was, allerdings?! Was soll das heißen?« Ingrid war in die Höhe gefahren, das Lächeln erloschen, der Kaffee in Ungnade gefallen. Ich schloß noch einmal unauffällig die Augen und betete: Herr, was soll das? Habe ich dich nicht eben um eine ruhige Stunde gebeten? Bedenke, ich habe die fremde Frau nicht angefaßt, obwohl ich es vermutlich gekonnt hätte – ich habe es nicht getan, aus Rücksicht auf die rachsüchtige Frau. Gib mir die Belohnung, die ich verdiene, mein Gott, und besänftige dieses Weib!

»Ich meine nur«, sagte ich, »daß ich tatsächlich keine Ahnung habe von deinen Gefühlen. Gestern nacht wolltest du noch sterben, und heute morgen bist du glücklich und schön wie ein Frühlingsmorgen und summst Kinderlieder. Das verstehe ich nicht, wirklich nicht.«

Da schlug Ingrid die Augen nieder und schenkte dem Milchkaffee ihr bezauberndstes Lächeln.

»Ja, ich bin glücklich heute. Weil ich weiß, daß alles gut werden wird. Weil immer alles gut wird, zu guter Letzt.«

»Ach?«

»Ja. Aber das verstehst du nicht.« Ingrid nahm einen Schluck Kaffee. Ihre Lippen umschlossen dabei den Rand der Kaffeetasse, der dick war wie eine Negerlippe. Und das vor meinen Augen.

Und gerade, als ich mit einem Ruck den Frühstückstisch umschmeißen und die Wohnungstür aus den Angeln reißen und einfach nur immer geradeaus laufen wollte bis ans Ende der Welt, fiel mir Voyager I wieder ein. Voyager I, der möglicherweise gerade auf Empfang geschaltet hatte und gespannt zuhörte, was hier draußen vor sich ging. Da nagelte mich die heiße Hoffnung auf den Stuhl, daß endlich die Sonne den Novembernebel wieder durchstoßen möge und Ingrid und ich gemeinsam einen langen Spaziergang dem See entlang machen würden. Voyager I, führe mich durch das Dunkel der Monate und Jahre, die da noch kommen werden. Zeig mir den Weg, ich flehe dich an.

Roxy

In meiner Straße gibt es eine Bar, die heißt »Roxy«. Jeden Abend ab zehn Uhr fahren dort prächtige Autos vor und parken auf dem Gehsteig. Links steigen prächtige Männer aus, rechts prächtige Frauen, und schlendern zur Eingangstür. Durchs Schaufenster kann man sie dann sehen, wie sie reden und lächeln und Weißwein trinken und mit zweizackigen Silbergäbelchen gefüllte Oliven aufspießen. Die Kellnerinnen sind sehr jung und sehr schlank. Sie haben sich hohe Wangenknochen und existentielle Sorgen auf die Gesichter geschminkt und tragen silberne kleine Ringe im Bauchnabel. So plätschern die Stunden gleichförmig dahin. Nachts um zwei oder drei Uhr hört man dann Autotüren zuschlagen. Vornehm brummend entfernen sich die Achtzylindermotoren, und dann wird es still.

Morgens um neun sieht alles anders aus. Dann leuchtet die Sonne durchs Schaufenster ins »Roxy«, daß man die Schlieren auf dem schlecht geputzten Glas sieht. Die nachts so geschmackvoll pastellfarbenen Wände sind im Tageslicht teergelb von tausend rauchgeschwängerten Nächten, und das Kunstleder auf den Barhockern hat schon arg viele Brandlöcher abbekommen. Ich trinke hier täglich um neun meinen Morgenkaffee. Um diese Zeit bin ich meist der einzige Gast. Auch die nabelfreien Mädchen schlafen dann noch, oder sie schwitzen schon im Fitneßcenter, wer weiß. Zufrieden setze ich mich.

»Max, Kaffee?«

Das ist Rosanna, die sieben Tage pro Woche Morgenschicht hat. Klein ist sie und rund, die blumige Bluse hängt an ihr wie ein Hauszelt ohne Zeltstangen, die Hose spannt viel zu eng um die stämmigen Beine. Ihr pockennarbiges Gesicht pudert sie nie. Rosanna bringt mir den Kaffee, wie ich ihn mag, schwarz und ohne Zucker, und ich packe die vier Brötchen aus, die ich wie jeden Morgen für uns beide gekauft habe. Dann trinken wir und essen schweigend. Rosanna putzt den Tresen, und ich schlage die Zeitung auf. Von Zeit zu Zeit treffen sich unsere Blicke, und dann lächeln wir. Neben der Registrierkasse steht Rosannas billiges Kassettengerät, darauf spielt sie italienische Schlager, und zu ihren Lieblingsliedern singt sie mit heiserer Kopfstimme.

So war das immer, bis eines Morgens nicht Rosanna hinter dem Tresen stand, sondern eines der nabelfreien Mädchen. Rosannas Kassettengerät war verschwunden, und über die Deckenlautsprecher lief schwermütige britische Popmusik.

»Was darf es sein?«

»Kaffee, bitte. Schwarz, ohne Zucker.«

Das Mädchen ging zur Kaffeemaschine und begann zu hantieren. Ich bewunderte die ökonomische Eleganz ihrer langen Glieder, die Grazie jeder Bewegung, die ruhende Kraft des durchtrainierten Körpers. Bei diesem Anblick wurde mir bewußt, wie vergleichsweise umständlich und langsam Rosanna arbeitete. Als das Mädchen den Kaffee brachte, packte ich meine vier Brötchen aus und bot ihr eines an. Sie lehnte ab.

»Ist Rosanna heute nicht da?«

Das Mädchen sah mich mit regenverhangenen Augen an. »Eben nicht. Sie ist verschwunden.«

»Verschwunden?«

»Gestern abend. Sie mußte einspringen und eine Abendschicht machen, und da ist sie verschwunden. Mitten während der Schicht.«

Was war geschehen? Die nabelfreien Mädchen hatten Rosanna in ihre Obhut genommen und für den Abend zurechtgemacht. Rosanna erkannte sich selbst nicht wieder: Plötzlich trug sie ein knöchellanges marineblaues Plüschkleid mit glitzernden Pailletten, das ihrer bäuerlichen Postur eine königliche Würde verlieh. Plötzlich schauten ihre Augen nicht mehr rund und staunend in die Welt hinaus, sondern ernst und wissend. Von den Pockennarben war nichts mehr zu sehen – und hatte eigentlich schon je einer bemerkt, daß in Rosannas fülligem Gesicht ziemlich hohe Wangenknochen hervordämmerten?

Als die ersten Achtzylinder vorfuhren, war Rosanna bereit. Sie strahlte vor Glück in der schillernden Nacht, füllte langstielige Gläser mit Weißwein und rannte mit vollem Tablett auf die Gäste zu, als diese noch kaum die Mäntel abgelegt hatten. Die gutaussehenden Herren zogen amüsiert die Brauen hoch, die Damen schürzten die Lippen, und die nabelfreien Mädchen warfen einander vielsagende Blicke zu und verabredeten stillschweigend, daß sie Rosanna hinter dem Tresen ein paar Verhaltensregeln beibringen würden.

Rosanna bändigte ihren Eifer, und dann ging alles gut – bis kurz vor Mitternacht das »Roxy« unter den Schritten von vierzehn kräftigen jungen Männern erbebte, die sich nebeneinander am Tresen aufbauten. Das waren die Elitejunioren des Handballvereins, die ein wichtiges Spiel gewonnen hatten.

»Ein Bier!« sagte der erste. »Mir auch … mir auch … mir auch …«, echote es die ganze Länge des

Tresens entlang. Rosanna nickte, öffnete das Kühlfach, zog beidhändig Bierflaschen hervor und arbeitete sich dem Tresen entlang vor, bis jeder einzelne Elitejunior bedient war. Sie nahmen erste tiefe Schlucke, und dann geschah es: Ein blonder Jüngling stellte versehentlich seine Flasche zu heftig ab, so daß weißer Schaum hinter den Tresen schwappte. Ein paar Tropfen trafen Rosanna knapp unter dem linken Ohr und rannen langsam den Hals hinunter. Der Jüngling machte ein erschrokkenes Gesicht und sah Rosanna an; gleich würde sie ärgerlich werden und schimpfen, und dann würde er sich entschuldigen, und dann wäre die Sache hoffentlich erledigt. Aber Rosanna schimpfte nicht. Mit der Hand wischte sie den Schaum ab, hob den Blick, sah den Schrecken im Gesicht des Jünglings – und mußte lächeln. Darüber war der Jüngling so erleichtert, daß er auflachte und zum Spaß seine Bierflasche nochmals auf den Tresen knallte. Diesmal trafen die Spritzer Rosannas Schulter. Schlagartig wurde es sehr still an der Bar. Während das marineblaue Plüschkleid das Bier aufsaugte, sahen alle vierzehn Elitejunioren Rosanna aufmerksam an. Sie lächelte immer noch. Da ließ ein zweiter Jüngling sein Bier auf den Tresen knallen, dann ein dritter und ein vierter und ein fünfter, dann schüttelten sie die Flaschen und ließen lachend den Schaum hinter den Tresen spritzen, und im Handumdrehen waren alle vierzehn Flaschen leer und Rosanna klatschnaß. Einen Augenblick stand sie da wie angewurzelt, dann floh sie durch die Hintertür. Die vierzehn Jünglinge sahen ihr nach, und ihr Gelächter zerbröselte. Der eine rief eine Entschuldigung zur Hintertür, ein anderer brummte Gutmütigkeiten, ein dritter wollte Rosanna suchen gehen. Aber da versperrte ihm ein nabelfreies Mädchen den Weg: Erstens habe dort nur das Personal Zutritt, und zweitens hätten sie Rosanna nun genug gequält. Die Junioren waren sehr verlegen. Sie bezahlten ihre Zeche, legten üppige Trinkgelder auf den Tresen und verschwanden.

Merkwürdigerweise tauchte Rosanna nicht wieder auf. Als nach Lokalschluß ein Mädchen in den Hinterräumen des »Roxy« nach ihr suchte, fand sie sie nicht. Man vermutete, daß sie schon zu Hause sei und morgen bestimmt wie gewohnt zur Frühschicht hinter dem Tresen stehen werde.

Aber Rosanna blieb die ganze Nacht und auch am nächsten Morgen verschwunden, und so saß ich diesem Mädchen gegenüber, das meine Brötchen ablehnte. »Wir machen uns Sorgen«, sagte sie. »Niemand hat Rosanna seither gesehen oder etwas von ihr gehört. Zu Hause ist sie nicht aufgetaucht, sagt die Mutter. Die Polizei will heute nachmittag den Kanal mit Froschmännern absuchen.«

Ein Tag verging.

Und wieder lief ich um neun Uhr zum »Roxy«. Ich spähte durchs Schaufenster. Wieder war das Mädchen da, von Rosanna keine Spur. Ich lief nach Hause, kochte Kaffee und aß meine vier Brötchen allein. So ging das noch weitere drei Tage, aber am sechsten Morgen war Rosanna wieder da. Sie stand hinter dem Tresen und putzte eifrig den großen Spiegel hinter den Schnapsflaschen. Ich hatte es gewußt. Nur die Eitlen bringen sich um.

»Max, Kaffee?«

Was war geschehen? Als Rosanna an jenem Abend durch die Hintertür floh, stolperte sie tränenblind die Kellertreppe hinunter und weiter einen Gang entlang, vorbei an Bierharassen und Kartonschachteln voller Plastikbecher und Papierservietten. Am Ende des Ganges gab es eine schwere Eisenbetontür. Rosanna öffnete sie mit Mühe; gleich dahinter war eine dünne Holztür, die nur angelehnt war. Sie machte Licht. Rosanna war in einen Luftschutzraum geraten, der in Friedenszeiten als Abstellraum diente für ausrangierte Gartenmöbel, defekte Kaffeemaschinen und allerlei Plastikpalmen für die Fasnachtsdekoration. Ein besseres Versteck konnte sie sich nicht wünschen. Rosanna zog die Eisenbetontür zu und schloß zur Sicherheit auch noch die Holztür. Als diese aber ins Schloß fiel, wußte Rosanna, daß sie einen Fehler gemacht hatte: Die Holztür hatte ein Schnappschloß und ließ sich nur mit einem passenden Schlüssel öffnen.

Rosanna unternahm gar nicht erst den Versuch, um Hilfe zu rufen. Sie sah sich nach Werkzeug um; aller Kummer war jetzt nebensächlich. Doch da war nichts, absolut nichts, womit sie ernsthaft etwas gegen die Holztür hätte ausrichten können. Dafür entdeckte sie etwas anderes: einen Haraß, gefüllt mit zwölf Literflaschen billigen Weißweins. Es war dieselbe Sorte, die man im »Roxy« den gutaussehenden Herren und den schönen Damen in die langstieligen Gläser einschenkte.

Der Haraß war leer, als der Wirt Rosanna fünf Tage später fand. Sie trug immer noch ihr marineblaues Plüschkleid und war sternhagelvoll. Der Luftschutzraum stank zwar nach Kot, Urin und Erbrochenem, aber der Wein hatte ihr das Leben gerettet. Angst hat Rosanna keine gehabt während dieser fünf Tage. Denn in einer Ecke des Luftschutzraums stand die große Bohnermaschine, mit der immer Sonntag nachts der Fußboden des »Roxy« auf Hochglanz gebracht wurde. Bis

dahin waren es fünf Tage, nicht mehr und nicht weniger. Zwölf Literflaschen Weißwein, verteilt über fünf Tage, das machte 2,4 Liter pro Tag. Diese Rationierung hatte Rosanna streng durchgehalten.
»Noch einen Kaffee, Max?«
»Gerne. Ich hole uns noch vier Brötchen, ja?«

In der Zeitmaschine

Auf der Donau treiben Eisschollen so groß wie Tennisplätze; darauf sitzen keine Pinguine, sondern Möwen. Die Budapester Brücken werfen mit ihrer Beleuchtung zahllose leuchtende Streifen auf das Wasser. Ich verabschiede mich vom Fluß und biege in eine dunkle Straße ein. Vor einer gewöhnlichen schmutziggrünen Fassade bleibe ich stehen; hier muß es sein. Neben der Eingangstür hängt ein kleines Marmorschild, auf dem in ungarischer Sprache etwas geschrieben steht. Ich mache die Tür auf; es ist eine ganz gewöhnliche Eingangstür, etwas schwerer als andere vielleicht, aber dennoch ganz unauffällig.

Die Frau im Kassahäuschen sieht mich kurz an, sagt auf Deutsch »Thermalbad?«, und ich nicke. Die Frau deutet mit dem Finger auf eine Preisliste, von der ich nichts als die arabischen Zahlen verstehe. Ich schaue genau auf die Stelle, auf die ihr Finger deutet, und erfahre, daß ich tausend Forint bezahlen muß.

Ich gehe weiter. Ein Gang, der breiteste, führt geradeaus, einer geht links ab, und rechts führt eine Wendeltreppe in die Höhe. Grünliche Marmorplatten mit Pfeilen erklären, was wo zu finden ist. Auf Ungarisch. Ich verlasse mich auf meine Erfahrungswerte und wähle den breiten Weg geradeaus.

Ein kräftiger, ganz in Weiß gekleideter Mann kommt mir entgegen und sagt etwas auf Ungarisch. Ich lächle blöde. Der Mann sagt auf Deutsch »Thermalbad?«, und ich nicke. Der Mann deutet auf die Treppe, und ich steige hinauf.

Im Obergeschoß erwartet mich ein zweiter kräftiger, ganz in Weiß gekleideter Mann. Er könnte der Bruder des anderen sein. Er führt mich einen langen Gang entlang, an dem an der linken Seite eine hölzerne blau-weiß gestrichene Kabine neben der anderen steht. Endlich weist er mir eine Kabine zu. Keine Ahnung, warum ausgerechnet diese hier und nicht eine der vielen, die leer an uns vorbeigezogen sind. Der Mann übergibt mir einen Schlüssel für die Kabine und ein rechteckiges Stück Sacktuch, dem an zwei Ecken je ein Bändel angenäht wurde. Ich schließe mich ein in die Kabine und ziehe die Kleider aus. Es ist angenehm warm hier im Obergeschoß, und es riecht nach Männern; heute ist Männertag. Gestern war Frauentag, da hätte es nach Frauen gerochen, aber heute ist Männertag. Frauentag ist morgen wieder.

Nackt stehe ich da. Ich ziehe meine knallbunte Badehose an. Typisch westeuropäische Badehose, kein Ost-Design. Dann gerät mir das Stück Sacktuch mit den zwei Bändeln wieder in die Hände. Ich bin ratlos: Was soll ich damit? Aha. Ich halte das Sacktuch vor mein Geschlecht und führe die Bändel beidseits der Lenden auf den Rücken. Das wäre möglich, denke ich mir; aber dann macht die Badehose keinen Sinn. Ich setze alles auf eine Karte und ziehe meine Badehose wieder aus. An ihrer Stelle versuche ich das Sacktuch zu montieren. Ich habe Schwierigkeiten, die Bändel blind auf dem Rücken zu verknoten. Dann erinnere ich mich, wie manche Frauen den Verschluß ihres Büstenhalters nach vorne auf die Brust verschieben, wenn sie daran herumnesteln. Ich mache es genauso. Das Sacktuch hängt mir jetzt über den Hintern, aber mit dem Verknoten habe ich keine Schwierigkeiten mehr. Dann drehe ich das Ganze wieder, bis das Sacktuch vorne hängt und der Knoten hinten.

Ich atme tief durch und öffne die Kabinentür. Ich trete hinaus auf den Gang. Weit und breit ist niemand. Dieser Fetzen an meinen Lenden – jetzt erst weiß ich, wie schlecht angezogen Gottes Sohn am Kreuz hing. Ich mache ein paar Schritte im Gang. Von hinten sind meine Arschbacken gut sichtbar an der frischen Luft. Das weiß ich und kann es auch fühlen. Wenn mir jetzt einer in Badehosen entgegenkommt und sich ins Sacktuch beispielsweise schneuzt, will ich sofort tot umfallen. Dann ist mir auch egal, ob er Ost- oder West-Design trägt. Aber vorläufig bin ich immer noch alleine unterwegs.

Am Ende des Ganges führt eine Treppe nach unten. Als erstes menschliches Wesen begegnet mir dort der in Weiß gekleidete kräftige Mann, der Bruder des anderen. Ich beobachte ihn scharf – der Mann läßt sich nichts anmerken. Entweder ist er ganz unglaublich höflich gegenüber Ausländern, oder meine Tracht ist in Ordnung.

Je weiter die Treppe nach unten führt, desto lauter wird das Geräusch tröpfelnden und plätschernden und rauschenden Wassers. Einzelne Dampfschwaden steigen an mir vorbei. Unten führt ein Gang geradeaus.

Rechts kommt eine Öffnung in der Wand. Ich sehe drei Männer beim Duschen. Sie tragen zwar kein Sacktuch wie ich, aber immerhin auch keine Badehose. Also weiter. Nach ein paar Schritten kommt links die Erlösung: Durch eine große Glaswand, auf der in fetten Zahlen »50-60°« steht, sehe ich, wie vier Männer auf Holzstühlen sitzen und schwitzen und alle vier tragen sie dieselben Sacktücher wie ich, und zwar an derselben Körperstelle. Bin ich froh.

Der Gang wird enger, ich wate durch ein heißes Fußbad, und plötzlich stehe ich in einem düster beleuchteten, von Dampf erfüllten Raum, dessen Tiefe ich nicht erahnen kann. Ich bleibe stehen. Meine Augen gewöhnen sich an die Dunkelheit. Vor mir liegt ein achteckiges Becken von vielleicht zehn Metern Durchmesser. Darin liegen etwa zwanzig Männer. Sie schwimmen nicht, sie waschen sich nicht, sie tun gar nichts, sondern dümpeln einfach am Rand des Beckens. Darüber liegt Dampf, und die gelblichwarme Luft wird zusammengehalten von einer Kuppel, deren Rundung sich bis zum Fußboden hinunterzieht. Das Becken, die Kuppel und überhaupt alles hier wurde vor über 400 Jahren zur Zeit der Türkenherrschaft gebaut; das habe ich im Fremdenführer gelesen. Das Ganze sieht nicht so aus, wie wenn seither etwas verändert worden wäre. Außer den zwei müden Glühbirnen vielleicht, die irgendwo hängen.

Über die Stufen, die sich rings um den Beckenrand ziehen, steige ich in das urinwarme Wasser. Es steht mir bis zu den Hüften. Das Sacktuch schwimmt leicht vor mir her. Einen langen Moment habe ich noch Bedenken wegen all der Hämorrhoiden und Geschlechtskrankheiten, die hier ohne textile Filterung gewässert werden; dann lasse ich es gut sein und tauche bis zum Hals ein. Ich fläze mich auf den Stiegen hin, lasse die Wärme durch meine steifgefrorenen Glieder fließen und atme den merkwürdigen Schwefelgeruch ein.

Immer tiefer gleite ich ins Wasser, bis die kleinen Wellen mein Kinn umspielen. Das Gemurmel der Männer schläfert mich ein; ich verstehe kein Wort und werde in hundert Jahren keines verstehen, da brauche ich mich gar nicht anzustrengen. Ungarisch ist zu fremd. Wunderbar.

Durch halbgeschlossene Augenlider beobachte ich ein putziges Kerlchen, das in der Mitte des Beckens Wassernixe spielt, unablässig das Bein für Spagatübungen zum Kopf hochreißt und sorgfältig darauf achtgibt, daß sein knackiges Popöchen immer wieder aus dem Wasser lugt. Es schaut erwartungsvoll um sich. Ich möchte ihm zuliebe etwas applaudieren, aber meine Arme liegen zu schwer im Wasser.

Ich bin so schläfrig, mir ist so wohlig, ich möchte die Augen für eine Weile schließen. Plötzlich entdecke ich etwas Merkwürdiges: Jemand hat die zwei elektrischen Glühbirnen durch brennende Pechfackeln ersetzt. Merkwürdig. Soll ich der Sache nachgehen? Nein – ob das bißchen Licht von Glühbirnen ausgeht oder von Fackeln, kann mir ja wirklich egal sein.

Das putzige Kerlchen ist durch das Wasser zu mir herübergeflattert und hat sich neben mir niedergelassen. Es macht andauernd Dehnungsübungen, und hin und wieder streift sein Beinchen wie zufällig mein Bein. Ich lasse es geschehen; ich bin zu müde. Nach einer Weile wird das Kerlchen ungeduldig und flattert davon.

Ich schaue die Männer an, die mit mir hier im Kreis sitzen mit nichts anderem als einem Sacktüchlein am Körper. Ich sehe Männer, nichts als Männer. Manche sind dick, manche dünn, jung oder alt, häßlich oder schön – jeder ist, was er ist, und sonst gar nichts. Hier sitzen Männer netto; die Tara liegt oben in der Kabine. Und erklären wollen muß mir hier keiner was. Ich höre nur Stimmen, aber keine Worte, tut mir leid. Wenn mir einer sagen wollte, daß er jenseits der Kabinen Staatsanwalt sei oder Straßenbahnschaffner oder verheiratet oder steinreich oder ein Kindsmörder – ich würde es nicht verstehen. Und auch wenn sich einer hier dafür interessieren würde, daß ich das Periodensystem der chemischen Elemente auswendig kann, so könnte ich es ihm doch nicht mitteilen. Wir sind alle, was wir sind, namenlos, ohne Brandzeichen und Gradabzeichen. Was bleibt, ist der Körper und die sprachlose Seele.

Wir sitzen alle nackt in diesem Gemäuer, das sich seit Generationen nicht verändert hat. Kein Bild und kein Ton dringen von außen in die Kuppel, um uns an das 20. Jahrhundert zu gemahnen. Es ist, wie wenn wir aus der Zeit gefallen wären. Und jetzt komme ich noch einmal mit dem Zeitmaschinen-Trick: Genauso wie wir saßen die Männer doch schon immer hier, oder nicht? Ich laufe durch die langen Korridore der Jahrhunderte. Die zwei Dicken dort mir gegenüber beispielsweise, die ihre Köpfe einander zuneigen und abwechselnd etwas murmeln: Das könnten doch gut und gerne zwei habsburgische Konsuln sein, die gerade ein Konzert des jungen Mozart gehört haben. Oder der muskulöse, behaarte Schnauzbart da – welche Uniform hängt in seiner Kabine? Jene eines Hauptmanns im napoleonischen Heer, der sich nach kurzer Rast an der Donau in der unendlichen Weite Rußlands abschlachten lassen wird? Und der Blonde – ein SS-Leutnant, kurz nach dem Einmarsch in die Stadt? Das putzige Kerlchen: Lustknabe eines türkischen Gewürzhändlers? Und ich? Wer oder was bin ich, könnte ich gewesen sein und allenfalls noch werden?

Irgendwann wird die Haut an Fingern und Zehen schrumpelig, und dann ist es genug. Einer nach dem anderen werfen wir unser Sacktüchlein in einen Korb und gehen duschen, während Neuankömmlinge die frei gewordenen Plätze besetzen, um sie dann ihrerseits wieder den Nachfolgenden zu überlassen. Hinter dem Duschraum geht eine Treppe steil nach oben in einen geräumigen Ruhesaal. Wer den inneren Frieden hat, legt sich hin und schläft einen kurzen, aber tiefen und erholsamen Schlaf. Und kommt, vielleicht, schon bald wieder.

Kühle Klara

Jetzt bist du also tot. Verzeih, daß ich lächle; ich weiß, daß sich das nicht gehört für einen Mann, der eben seine junge Frau verloren hat. Aber sag selbst, ist das alles nicht zum Lächeln? Schau dich an: Zweiunddreißig Jahre alt bist du geworden, warst eben noch jung und schön und stark, und jetzt hat dein Herz vor einer Stunde aufgehört zu schlagen. Es hat ganz sachlich und undramatisch demissioniert, nach seltener Krankheit und nicht allzulanger Leidenszeit, und du hast gelächelt bis zum Schluß.

Und jetzt liegst du da, kühlst langsam aus, und deine Haut ist schon etwas käsig. Die Krankenschwester hat das Fenster aufgemacht, damit deine Seele gen Himmel steigen kann – warte einen Moment, ich bitte dich! Jetzt sind wir noch einmal allein beieinander, und zehn Minuten sind doch nicht viel, wenn man wie du vor den Pforten der Ewigkeit steht.

Die Krankenschwester hat dir das Kinn hochgebunden, als die Apparate rings um dich mit ihrem Bip-Bip aufhörten. Nimm's mir nicht übel, aber du siehst damit aus wie eine Nonne in einem Louis-de-Funès-Film oder wie ein Kind mit Zahnschmerzen. Möchtest du, daß ich dir den Verband abnehme? Nein, das willst du nicht, ich weiß. Denn der Verband hat einen Zweck, und sinnvolle Dinge findest du gut. Der Verband soll verhindern, daß dir die Kinnlade herunterfällt, wenn deine Gesichtsmuskulatur erschlafft. Du sähest weniger hübsch aus mit offenstehendem Mund. Ich werde deine Wehrlosigkeit nicht ausnützen, mach dir keine Sorgen.

Du hast wirklich die Kontrolle bis ganz zum Schluß nicht verloren, das muß man dir lassen. Bis zur letzten Minute hast du gelächelt und allen deine Tapferkeit vorgeführt, die an deinem Bett um dich weinten. Daß du nicht einmal in der letzten Minute deines Lebens ein kleines Glitzern der Verzweiflung zulassen konntest, daß du so weit gehen würdest, hätte ich denn doch nicht gedacht, wirklich nicht – ich habe auf ein klein wenig Verzweiflung gewartet, bis zuletzt, als deine Augen brachen – vergeblich.

Deine Haut ist schon ganz gelb, und ich staune, daß ich darüber lachen muß. Ich schaue an die Spitalzimmerdecke hoch; gut möglich, daß du irgendwo da oben schwebst und mit mir lachst. Denn humorlos warst du nicht. Du hast mich oft zum Lachen gebracht mit deinen bösen Witzen. Wir haben sogar gelacht, als wir erfuhren, daß du sterben würdest, weißt du noch?

Ich zünde eine Zigarette an, wenn du gestattest; es wird dir jetzt wohl nichts mehr ausmachen. Du hast mich immer auf den Balkon geschickt, wenn ich rauchen wollte, und die Trinkerei war dir auch zuwider. Du hast nie verstanden, daß ich ohne Narkotika nicht auskomme – daß es Augenblicke der Verzweiflung gibt, die man ohne Betäubung nicht durchzustehen glaubt, kurze Momente nur, Abgründe der Trostlosigkeit, die sich für eine Stunde oder zwei gähnend auftun und dann für lange Zeit wieder schließen ...

Eine Frage hätte ich noch, bevor ich durch diese Tür gehe und du durch das Fenster schwebst: Was hast du eigentlich an mir gemocht? Ich weiß natürlich, daß dein Herz wild geklopft hat, als wir uns kennenlernten; ich fühlte es zuweilen, wenn ich dich umarmte. Das Klopfen kam tief aus deiner Brust; du schämtest dich dafür und machtest dich von mir los.

Ich halte deine Hand; sie ist schon ganz kalt, zumindest äußerlich. Aber weiter innen vielleicht, im Knochenmark deiner gotischen Finger oder in der Mitte deiner Gedärme – ist dort irgendwo dein stillstehendes Blut noch siebenunddreißig Grad warm? Merkwürdig: Deine kühle und kraftlose Hand ist mir jetzt nicht fremder als vor einer Stunde oder vor zwei oder drei Jahren. Deine Hand war immer kühl und kraftlos, oder sie schien zumindest so. Erinnerst du dich an jenen Sommerabend vor zwei Jahren, als wir im Sonnenuntergang auf der Düne spazierten und auf den Ozean hinausschauten? Ich nahm deine kühle Hand und kniete vor dir nieder und machte dir einen Heiratsantrag. Du warfst mir einen spöttischen Seitenblick zu und sagtest: »Jetzt hör aber auf mit dem Kitsch.« Ich stand auf und wischte mir den Sand von den Hosen, und wir gingen ins Kino.

Die weiße Spitalbettwäsche steht dir gut. Das Leichenhemd wird dir auch gut stehen. Du sahst stets gut aus, was immer du auch anhattest – eine Klassefrau, sagten die Leute, die kann tragen, was sie will. Unter dem Hemd zeichnen sich deine Brüste ab. Es sind die Brüste eines vierzehnjährigen Mädchens, scheu und klein, und die Brustwarzen schauen nach innen wie die Fühler einer erschrockenen Weinbergschnecke. Was habe ich versucht, diesen lieben kleinen Brüsten ihre Angst vor der Welt zu nehmen! Du lagst ganz still da, wenn ich das Licht gelöscht hatte, und meine fiebrigen, ungeschickten Hände versuchten dich von der Schönheit des Lebens zu überzeugen. Ich wollte die Hitze in dir ertasten, dein Feuer fühlen, aber es war zu tief innen, hatte sich in die Katakomben deiner Seele zurückgezogen; selten nur drang ein Wärmeschauer bis zu deiner Haut hoch. Dann hoffte ich, daß der Vulkan doch noch ausbrechen würde, irgendwann, vielleicht. Aber er brach nicht aus, nie – zumindest nicht, wenn ich in der Nähe war. Nie hast du die Kontrolle verloren; und irgendwann bist du dann jeweils aufgestanden, ganz unvermittelt, und hast dir etwas aus dem Kühlschrank geholt, ein Glas Karottensaft oder einen Rhabarberjoghurt, um Himmels willen. Dann kamst du zurück, stauntest über meine Verzweiflung und fragtest: »Was ist los?«

Du warst ein kühler Mensch, und wer immer deinen Weg kreuzte, hat an dir gefroren. Manche wollten dich wärmen, ich zum Beispiel oder ein paar von deinen früheren Männern. Das nahmst du uns übel, und du zücktest dein Skalpell.

»Quatsch«, sagtest du dann, »wir werden einander nicht ewig treu sein. Eines Tages wirst du mich betrügen, oder ich werde dich betrügen. Das ist doch klar.«

»Klar ist das vielleicht«, antworteten wir, »aber wir könnten doch immerhin daran glauben, daß wir einander ewig treu sein werden.«

Aber an etwas Unlogisches wolltest du nicht glauben. Du verstandest nicht die Schönheit eines gemeinsamen Traumes, die Zartheit einer Hoffnung, die Poesie eines kleinen Geschenks. Du warst lieber ehrlich als freundlich, mochtest Wahrheiten lieber als Märchen.

Natürlich hast du immer recht gehabt, die Wahrheit war auf deiner Seite. Aber deine Wahrheiten verwirrten mich, ich erkältete mich an ihnen, daß es mir ans Lebendige ging. Von Zeit zu Zeit habe ich dann meine Erkältungen heimlich auskuriert, und zwar an fremden, aber warmen Frauenbrüsten. Natürlich kamst du mir meist auf die Schliche. Dann klirrtest du vor kalter Wut und wolltest die Wahrheit wissen: Mit wem wie oft und wo und wann und wie. Die nackte Wahrheit eben. Fakten aber mochte ich dir keine erzählen, weil sie immer unwahr sind. Und wenn ich dir dann von Glaube und Liebe und Hoffnung redete, hast du wütend geschnaubt und mich einen Heuchler und scheinheiligen Katholiken geschimpft.

Wahrscheinlich erzähle ich dir da nichts Neues. Bist du müde? Ich weiß ja nicht, wie anstrengend Sterben ist. Ich werde jetzt gehen. Schau, draußen wird es Tag, die Sonne geht auf. Bist du noch da? Ich trete ans Fenster. Vielleicht werde ich es fühlen, wenn du an mir vorbei ins Freie ziehst. Der Himmel steht hoch heute morgen, und man hat hier einen schönen Ausblick ins Tal. Die Autobahn leuchtet silbern im Morgenlicht, die Strom- und Telefonleitungen überziehen wie Spinnweben die Erde. Wie wahllos ausgestreut liegen die Dörfer, die Fabriken und die Lagerhäuser am Boden; man wäre nicht erstaunt, wenn heute abend ein Riesenbaby käme, das alle seine Spielsachen wieder einsammelt und gründlich aufräumt zwischen den Flüssen, Wäldern und Bergen. Dabei würde es aus reiner Unachtsamkeit das ganze Spinnengewebe der Strom- und Telefonleitungen zerreißen und die Autobahn im Sand verscharren, die Brücken würden brechen und die Staudämme fortgeschwemmt, und noch vor dem Eindunkeln würde das Tal frisch und friedlich daliegen, unberührt wie am siebenten Tag der Schöpfung. Vielleicht kannst du dort oben in Erfahrung bringen ... bist du noch da? Hallo? Hallo? Hallo?

Fremde im Zug

1

»Schon zwei vor halb fünf!«

Mit weit ausholenden Schritten und wehenden Haaren rannten die zwei Schwestern über die Brücke, vorbei an der Straßenbahnstation und hinein ins kühle Dämmerlicht der Bahnhofhalle. In jeder Hand hielten sie mehrere bunte Papiertüten, auf denen die Namen bekannter Modeboutiquen und angesehener Kaufhäuser aufgedruckt waren. Die Taschen flogen neben ihnen vor und zurück, hoch und nieder. Wie jeden letzten Samstag im Monat waren sie in die Stadt gefahren, um Kleider zu kaufen; jetzt war Dezember, und so hatten sie auch gleich die Weihnachtsgeschenke besorgt. Die zwei Schwestern konnten sich regelmäßige Einkaufsbummel leisten. Als Grundschullehrerinnen verdienten sie nicht schlecht, und da sie ledig und kinderlos waren und sich eine gemeinsame Wohnung gleich neben dem Dorfschulhaus teilten, blieb Ende des Monats jeweils eine hübsche Stange Geld übrig. Es war Zeit für die Heimreise. Sie nahmen stets den 16.31-Uhr-Zug. Ein letzter Sprint über den Bahnsteig, ein Sprung in die erste offenstehende Tür, auch wenn es ein Waggon erster Klasse war – geschafft. So ging das jedesmal, immer auf die letzte Sekunde.

Ein unbeteiligter Beobachter hätte sich vielleicht gewundert über die unnötige Hast; denn eine halbe Stunde später wäre wieder ein Zug gefahren, und dann immer wieder einer alle halbe Stunde, bis um Mitternacht. Weshalb also die Eile? Nun, Anne und Nicole waren zwei Landmädchen, die rundum zufrieden waren mit der Welt, ihrem Leben und überhaupt dem Lauf der Dinge. Sie nahmen seit Jahren an jedem letzten Samstag im Monat den 16.31-Uhr-Zug. Sie waren diesen Zug gewohnt und hatten gute Erfahrungen mit ihm gemacht – wieso also hätten sie einen anderen nehmen sollen? Weshalb hätten sie *irgend etwas* in ihrem Leben ändern sollen?

2

Weiter vorne, in einem Raucherabteil zweiter Klasse, saß ein schwarz gekleideter junger Mann mit hohlen Wangen und dunklen Augenringen, der aufmerksam seinen Empfindungen lauschte. Gleich würde der Zug losfahren – und er saß drin! Er würde zurückkehren in jenes Provinznest, in dem er geboren und aufgewachsen war. Neununddreißig Minuten Fahrt standen ihm bevor, und Hannes Groß langweilte sich schon, bevor der Zug angefahren war. War es wirklich schon ein Jahr her, daß er das letzte Mal bei seinen Eltern gewesen war? Zu häufigeren Besuchen fehlte ihm einfach die Zeit; denn sein Beruf, in dem er es dank Talent, Fleiß und Sorgfalt zu einigem Erfolg gebracht hatte, nahm ihn ganz in Anspruch. Letztes Jahr hatte ihm die Nationale Eisenbahngesellschaft die Gestaltung des neuen Gesamtfahrplans anvertraut – ihm ganz allein. Zehn Monate seines Lebens hatte er dafür hergegeben, hatte tage- und nächtelang Abfahrts- und Ankunftszeiten in den Computer getippt, hatte ganze Wochenenden experimentiert mit Piktogrammen, Schriftarten, Schriftgraden, Schriftschnitten und Zeilendurchschüssen, hatte dreimal aus Wut über Softwareprobleme die Tastatur an die Wand geschleudert und insgesamt dreiundzwanzig Sitzungen erduldet mit Eisenbahndirektoren, die keinen blassen Schimmer hatten von Typographie und grafischer Gestaltung. Er hatte in diesen zehn Monaten achtzehntausend Zigaretten geraucht, hatte tagsüber zuviel Kaffee getrunken und nachts zuviel Rotwein, und er hatte zu wenig gegessen und geschlafen. Seine Wohnung, ein großzügiges Appartement gleich hinter dem Schauspielhaus mit Parkettboden und Stukkaturen an der Decke, hatte er in dieser Zeit kaum je bei Tageslicht gesehen. Hingegen kannte er jetzt den gesamten Fahrplan des nationalen Schienennetzes in allen Einzelheiten auswendig – er, der die Stadt nur verließ, wenn er von seinen Eltern dazu genötigt wurde.

3

Auf dem Bahnsteig tauschten ein Mann und eine Frau flüchtige Abschiedsküsse. Er trug einen schwarz-weiß gesprenkelten Tweedanzug, sie einen schwarzen Rock und ein kurzes, pelzbesetztes Jäckchen. Während der Umarmung schaute sie ihn von der Seite an und ertappte ihn bei einem Blick über ihre Schulter hinweg.

»Ich mag das nicht«, sagte sie, ohne seinem Blick zu folgen. Ihr Name war Vera Weiß. »Ich kann es nicht ausstehen, wenn du in meiner Anwesenheit anderen Frauen auf den Hintern schaust.«

»Was? Ich? Da?« Entrüstet deutete der Mann über Veras Schulter hinüber zur Waggontür. Natürlich hatte er diesen zwei Landpomeranzen beim Einsteigen zugeschaut, selbstverständlich – aber doch nur, weil sie sich so ulkig angestellt hatten mit ihren tausend Papiertüten! Er machte den Mund auf und wieder zu. Jeder Rechtfertigungsversuch war sinnlos, denn unglücklicherweise waren die Landpomeranzen tatsächlich nett anzuschauen gewesen – wie hatte Vera das bloß erraten? Mit einer Geste brachte er die Sinnlosigkeit allen Redens zum Ausdruck, und sie tätschelte ihm ironisch beschwichtigend die Brust.

«Schon recht, mein Lieber. Laß gut sein.«

Mit einer raschen Handbewegung strich sie ihm eine Strähne aus der Stirn. Diese mütterliche Geste hatte ihn beim ersten Mal überrascht und belustigt, dann hatte er sich an sie gewöhnt, geliebt hatte er sie während langer Jahre, süchtig gewesen war er danach. Und jetzt ging sie ihm auf die Nerven.

»Grüß deine Schwester von mir.«

»Mach ich. Ach, übrigens!« Sie warf den Kopf in den Nacken und faßte sich mit den Fingerspitzen an die Schläfen, als wäre ihr gerade etwas Wichtiges eingefallen. »Vielleicht bleibe ich ein paar Tage länger.«

»Aha?«

»Ja.« Sie löste sich von ihm und ging rückwärts die ersten Schritte auf die Waggontür zu. »Ich denke, ich sollte sie ein bißchen entlasten. Mich um die Kinder kümmern und im Haushalt helfen.«

»Über die Festtage? Auch an Silvester?«

»Ich rufe dich an. Oder ich schreibe ein paar Zeilen.«

»Viel Spaß«, sagte er.

Dann gellte der Pfiff des Schaffners über den Bahnsteig. Vera stieg ein, die Tür schloß sich mit einem pneumatischen Zischen.

4

Hannes Groß fuhr sich mit Daumen und Zeigefinger über die Wangen. Vielleicht hätte er sich doch rasch rasieren sollen – sich selbst und dem Vater zuliebe, der auf solche Dinge Wert legte. Und für Mutter mußte er unbedingt Blumen kaufen. Sie würde zwar wieder ihren weinerlichen Jubelsingsang anstimmen und hundertmal wiederholen, daß das doch nicht nötig gewesen wäre; aber nötig war's eben doch. Ob es das Blumengeschäft in der Bahnhofpassage noch gab? Vor einem Jahr hatte er die Blumen noch vor der Zugfahrt in der Stadt besorgt, und im Jahr zuvor auch. Eines nahm Hannes sich fest vor: Auch diesmal würde er sich weigern, Vaters ausgediente Hausschuhe anzuziehen – und diesmal würde er seine Weigerung endlich einmal bis zum Schluß durchhalten.

Hannes versank in der Ecke zwischen Sitz und Seitenwand und beobachtete durchs Fenster ein Liebespaar, das sich auf dem Bahnsteig umarmte. Die Frau wandte ihm den Rücken zu; ihr Jäckchen war kurz und militärisch knapp geschnitten, darunter trug sie einen weiten, schwarzen Rock, der bis zu den Stiefeln reichte. Ihr braunes Haar ergoß sich in einer wahren Flut über das Jäckchen. »Anna Karenina nimmt Abschied von Graf Wronskij«, dachte Hannes und wunderte sich über seine romantische Regung. »Fehlt nur noch der Schnee und der Kohlegeruch und die Lokomotive, die Dampf über den Bahnsteig verströmt.« Er sah zu, wie die Frau dem Mann mit weissen Fingerspitzen zärtlich eine Strähne aus der Stirn strich. Hannes wartete auf den Moment, da sie sich umdrehen und er ihr Gesicht sehen würde. Aber die Frau lief rückwärts auf den Waggon zu. Versteckte sie ihr Gesicht absichtlich vor Hannes, hatte sie seinen Blick im Rücken gespürt? Ach nein: Sie wollte einfach ihren Liebsten bis zum letzten Moment im Auge behalten. Bekam nicht genug von ihm. Und was machte der Liebste, der Trottel? Ein unglückliches Gesicht.

Hannes lächelte und versank noch tiefer in seiner Ecke; wann hatte *er* zum letzten Mal ein Mädchen geküsst? In den letzten zehn Monaten gewiss nicht. Aber die Zeit der Fahrpläne war jetzt vorbei, nun würde er sich wieder mit anderen Dingen befassen. Womit?

Da ging die Tür auf, und zwei Frauen stürmten durch den Mittelgang. In den Händen hatten sie eine unbestimmbare Anzahl Papiertüten. Die eine war blond, die andere rothaarig. Beide hatten Sommersprossen auf der Nase, und beide hatten keck ansteigende Augenwinkel. Wahrscheinlich waren sie Schwestern. Um zu verhindern, dass sie neben ihm Platz nahmen, steckte sich Hannes rasch eine seiner französischen filterlosen Zigaretten an. Die zwei Schwestern schubsten einander und lachten, sie schlugen mit ihren Taschen gegen fremde Schultern und Beine, sie entschuldigten sich links und rechts und sahen dabei den Fahrgästen arglos in die Augen. Fehlte nur noch, dass sie jeden einzeln grüssten, wie es auf dem Dorf üblich ist.

Hannes hielt schützend den Unterarm vors Gesicht,

als sie mit ihren Papiertüten vorüberzogen. Widerwillig gestand er sich ein, daß ihm die beiden gefielen mit ihren breiten, geraden Schultern, den jungenhaft schmalen Hüften und dem federnden Gang. »Aber Bäuerinnen sind's«, mahnte er sich selbst, »da helfen auch Benetton und Kookai und Stefanel nichts. So zufrieden sind sie mit ihren Einkaufstaschen, so glücklich, daß sie die Ernte vor dem nahenden Gewitter ins Trockene gebracht haben! Schau, wie froh sie sind, daß sie wieder nach Hause in ihr Dorf heimkehren dürfen. Auch wenn sie zweimal jährlich in die Karibik fliegen, seit Generationen im Büro arbeiten und noch nie einen Krumen Erde unter den Fingernägeln hatten, so sind sie doch lebenslang beherrscht von dem einen großen Gedanken – möglichst schnell ihre Ernte ins Trockene zu bringen.«

Er nahm zur Kenntnis, daß die zwei Schwestern das hinter ihm liegende Abteil in Beschlag genommen hatten, und er fand sich damit ab, daß er während der ganzen Fahrt ihrer Unterhaltung würde zuhören müssen. Denn Bäuerinnen können nicht müßig irgendwo beisammensitzen und schweigen. Sie müssen sich unterhalten. Schweigen wäre Müßiggang, und Müßiggang Sünde. Mit großer Wahrscheinlichkeit würden sie von Dingen reden, von denen Hannes lieber nichts gewußt hätte. Und es wäre schon sehr erstaunlich gewesen, wenn sie nicht irgendwann unterwegs eine Brotzeit ausgepackt hätten. Denn der Mensch muß etwas Rechtes essen, wenn er außer Haus ist.

5

»Hier?«

»Na los!«

»Aber hier stinkt's nach Gauloises.«

»Stört mich nicht.«

»Mich auch nicht.«

»Eigentlich mag ich's ganz gern. Riecht nach Mann.«

Anne und Nicole prusteten und gingen in die Knie vor Vergnügen, sie stellten ihre Tüten ab und schüttelten die Hände, als ob sie etwas Heißes angefaßt hätten, und sie deuteten auf die Lehne, hinter der dieser Bursche mit den dunklen Augen und den ungesund roten Lippen saß. Der Rauch seiner Zigarette stieg in blauen Kringeln zu den Lüftungsschlitzen hoch. Schließlich beruhigten sie sich, nahmen bei den Fenstern Platz und begannen in ihren Papiertüten zu nesteln.

»Der rote Minirock ist toll«, sagte Anne. »Auch wenn er mir ein bißchen zu weit ist.«

»Dann nimm halt zu. Oder mach ihn enger.«

»Wie?«

»Na, nähen halt.«

»Kann ich nicht.«

»Handarbeitslehrerin hätte man werden sollen.«

»Bloß nicht. Hast du gehört? Die Frau Studer läßt sich scheiden.«

»Wie – die Handarbeitslehrerin?«

»Die Studerin läßt sich scheiden.«

»Ehrlich?«

»Letzte Woche hat sie ihre Koffer gepackt und ist ausgezogen.«

»Nein!«

»Doch. Und weißt du, warum?«

»Nein.«

»Ihr Mann hat ihr verboten, neue Unterwäsche zu kaufen. Wollte sie zwingen, die Wäsche seiner verstorbenen ersten Ehefrau zu tragen.«

»Nein!«

»Doch. Dicke, synthetische, fleischfarbene Mieder und Büstenhalter mit Eisenstäben. Hat gesagt, die täten's noch lange.«

»Nein!«

»Doch.«

»So was! Dabei verdient die Studerin ihr eigenes Geld.«

»Hat ihre Koffer gepackt und ist abgehauen.«

»Nein!«

»Doch. Würdest *du* etwa die Unterwäsche deiner Vorgängerin...?«

»Ich habe keine Vorgängerin.«

»Ich würde noch nicht mal *deine* Unterwäsche...«

Die zwei Schwestern starrten einander mit weit aufgerissen Augen an und drückten das Kinn auf den Hals, um einander ihre Betroffenheit mitzuteilen. Da fuhr der Zug an. Die Schiebetür ging auf, und eine Frau in kurzem, pelzbesetztem Jäckchen lief durch den Mittelgang.

»Hast du diese Zicke gesehen?« flüsterte Anne. »Typische Großstadtzicke, wenn du mich fragst. Grinst in die leere Luft hinaus wie eine Idiotin und hält sich für wer weiß was.«

»Und diese Jacke – wie von der Heilsarmee!«

»Und der Rock – ein Kohlesack mit Rüschen dran!«

Dann merkten Nicole und Anne, daß die Zicke gleich hinter ihnen Platz genommen hatte. Sie beschlossen, sich eine Weile still zu verhalten.

6

Vera warf einen letzten Blick durch die geschlossene Waggontür hinaus auf den Bahnsteig. Der Mann stand reglos da mit seinem Schnauzbart und ließ die Arme hängen. Eine Taube trippelte vor seinen Schuhen umher. Englische Schuhe, die er täglich liebevoll putzte; Vera fand diese übertriebene Sorgfalt bei der Schuhpflege nicht besonders männlich. Unwillkürlich erinnerte sie sich daran, daß er in ihrer ersten gemeinsamen Nacht seine Kleider hübsch gefaltet und griffbereit neben das Bett gelegt und sie ihn verdächtigt hatte, im Morgengrauen geräuschlos davonschleichen zu wollen. Er war zwar dann nicht davongeschlichen – vielleicht aber auch nur, weil er wie ein Bär geschlafen hatte und erst aufgewacht war, als ihm Kaffeeduft in die Nase stieg. Als der Zug anfuhr, hob sie die Hand zu einem letzten Gruß, und plötzlich empfand sie keinen Zorn mehr, sondern Mitleid, große Müdigkeit und Erleichterung. Sie straffte die Schultern, zog ein Gummiband aus der Manteltasche und band ihr Haar zu einem Pferdeschwanz zusammen. Dann zog sie die Schiebetür auf und betrat das Raucherabteil.

Sie sah und erkannte ihn sofort. Das war doch Hannes Groß dort im vierten Abteil links! Sie waren zusammen aufs Gymnasium gegangen. Hannes, der Klassenprimus und Einzelgänger, der sich allen gesellschaftlichen Regeln so sehr widersetzt hatte, daß er 1976 noch nicht mal das Haar lang trug. Ein großer Sportler war er gewesen, aber jetzt war er hager und bleich, mit schrecklich dunklen Schatten unter den Augen, und das Haar war wohl auch schon etwas schütter. Als Teenager war Vera hin und wieder ein bißchen in ihn verliebt gewesen. Aber er hatte sich nichts aus gleichaltrigen Mädchen gemacht; angeblich hatte er schon als Sechzehnjähriger ein Verhältnis mit einer dreißigjährigen verheirateten Frau gehabt.

Ob er sie auch erkennen würde? Vera lächelte ihn an, während sie im Mittelgang auf ihn zulief – aber er warf ihr nur einen jener saugenden Blicke zu, die Männer gutaussehenden Frauen nun mal zuwerfen, und dann wandte er sich gleichgültig ab und drückte seine Zigarette aus in diesem winzigen Aschenbecher, der in die Armlehne eingebaut war. »Na, dann nicht!« dachte Vera und behielt im Vorbeigehen ihr Lächeln bei, wie wenn es gar nicht Hannes gegolten hätte, sondern ihr alltäglicher Gesichtsausdruck wäre.

Im Viererabteil gleich hinter ihm saßen zwei Landeier in unmöglichen Modefummeln. Wahrscheinlich Krankenschwestern oder Kindergärtnerinnen. Teure Fähnchen, schlechter Schnitt, billige Stoffe, grauenerregende Farbkombinationen. Natürlich hatten die Landeier die Stirn, Veras Kleidung mit abschätzigen Blicken zu taxieren. *Ihre* Jacke und *ihren* Rock, die sie eigenhändig entworfen, zugeschnitten und genäht hatte. Vera war Modedesignerin, ausgebildet in Zürich, Mailand und Paris. Mit ihrer Herbstkollektion aus handgewobenen Stoffen hatte sie letztes Jahr bei einem Nachwuchswettbewerb in München den ersten Preis gewonnen.

Gleich hinter den Landeiern war ein Abteil frei. Vera setzte sich hin. Die beiden sollten nicht glauben, daß ihre Blicke und ihr Getuschel ihr etwas ausmachten. Und Hannes? Wenn er sie schon nicht erkannte, war es ja gleichgültig, wie nah oder wie weit entfernt voneinander sie saßen.

7

Anna Karenina – das war doch Vera gewesen! Aber ganz bestimmt war das Vera Weiß gewesen! Hannes hatte eilig seine Gauloise ausgedrückt, damit der Rauch ihr nicht ins Näschen steige, wenn sie sich zu ihm setzte – und als er wieder aufschaute, um sie zu begrüßen, war sie schon an ihm vorbeigelaufen. Hatte sie ihn denn nicht gesehen? Hatte sie ihn nicht erkannt, und wenn, wieso nicht? War er so alt geworden? Sollte er ihr hinterherlaufen, sie an der Schulter berühren? Hallo Vera, ich bin's, Hannes, dein alter Verehrer, erinnerst du dich? Aber nein. Bestimmt hatte sie ihn sofort erkannt und war ihm entwischt, weil sie allein sein wollte. Andrerseits – wie lange hatten sie einander nicht gesehen! Hannes erinnerte sich genau an jenen Tag, an dem er – es gab dafür wirklich keinen weniger pathetischen Ausdruck – in Liebe zu ihr entbrannt war. Nicht am ersten Schultag war's gewesen, sondern merkwürdigerweise erst drei Jahre später, in der Quarta, auf der Herbstwanderung. Sie hatten Rast gemacht auf der Terrasse eines Bergrestaurants, hatten Cola getrunken und Würste gegessen mit dem Alpenpanorama im Rücken, und dann hatte Vera diese Amsel entdeckt, die in einem winzigen Käfig an der Hauswand eingesperrt war. Ganz ruhig war sie aufgestanden und zum Käfig gelaufen unter den Augen des Lehrers, der Wirtin und der ganzen Klasse, und dann hatte sie die Käfigtür aufgemacht, mit der Hand hineingegriffen und die Amsel ins Freie gescheucht, worauf diese im nahen Lärchenwald verschwunden war.

8

Als Vera zum ersten Mal mit einem Jungen geschlafen hatte – mit irgendeinem Jungen, an dessen Namen sie sich heute nicht mehr erinnerte –, hatte sie dabei an Hannes gedacht, und hinterher hatte sie sich darüber gewundert. Denn damals hatte sie sich noch nicht viele Gedanken über ihn gemacht; das hatte erst ein paar Monate später begonnen, an einem Tag, an dem die Jungen unter großem Gejohle und Gelächter von der militärischen Musterung zurückgekehrt waren. Hannes war als letzter gekommen, schamrot, mit mahlenden Kiefermuskeln.

Was war geschehen? Hannes hatte eine Eigenart: Er behielt, wenn er nach dem Turnunterricht zusammen mit zwanzig nackten Jungen unter die Dusche rannte, seine Unterhose an, und danach, während er frische Wäsche anzog, bedeckte er sich mit einem Frottiertuch. Niemals hatte er sich nackt gezeigt, unter keinen Umständen, vom allerersten Schultag an. Weshalb, wußte niemand. Die Jungen empfanden diese stolze Schamhaftigkeit – vielleicht zu Recht – als Beleidigung ihrer eigenen Nacktheit; zudem stand sie doch irgendwie in Widerspruch zum Gerücht, daß Hannes Umgang mit wesentlich älteren Frauen pflege. Was sollte man machen? Stillschweigend kamen die Jungen überein, die Sache gegenüber Lehrern, Eltern und den Mädchen diskret zu behandeln.

Eines Tages aber war einem Mitschüler namens Massimo Maldini der Kragen geplatzt. Massimo war Sizilianer, Sohn des einzigen Fischhändlers im Städtchen; klein, rund und am Rücken behaart. Wie man sich noch Jahre später erzählte, hatte er unter der Dusche plötzlich »Basta! Basta! Basta!« geschrien, sich auf Hannes gestürzt und ihm die Unterhose vom Leib gerissen. Angeblich hatte er ihn danach mit festem Griff am Pimmel gepackt, unter die Dusche gezerrt und von oben bis unten eingeseift.

In den Gassen des Städtchens hatte es gesummt vor aufgeregtem Getuschel und Gelächter; Hannes aber hatte die Lippen aufeinandergepreßt und geschwiegen, und Vera hatte ihn aus den Augenwinkeln betrachtet und sich gewundert. Und da sie ihn nicht aus den Augen ließ, konnte sie beobachten, wie der schmale Hannes dem dikken Massimo beim Hinterausgang des Kinos »Capitol« mit einem Faustschlag das Nasenbein zertrümmerte.

9

Der Zug fuhr in einen Tunnel, in den Waggons ging das Licht an, und drei Minuten später hielt er fahrplangemäß. Hannes zupfte an seinem Hemdkragen. Zwei Minuten Aufenthalt, Weiterfahrt um 16.48 Uhr. Wie lange würde es dauern, bis sein Gedächtnis wieder entlastet wäre von der integralen Kenntnis des Gesamtfahrplans? Und sollte er vielleicht doch aufstehen und Vera hinterherlaufen? Irgendwo in einem der vorderen Waggons mußte sie ja sein, entwischen konnte sie ihm nicht. Bestimmt fuhr auch sie heim zu ihren Eltern über Weihnachten, da war nicht anzunehmen, daß sie vor ihm ausstieg. Aber was, wenn in ihrem Abteil kein Sitzplatz frei wäre? Würden sie sich dann über die Köpfe der anderen Fahrgäste hinweg unterhalten, sie sitzend und er im Stehen?

Ein kleiner Ruck ging durch die Sitzbank, und dann gewann der Bahnsteig vor dem Fenster allmählich an

Fahrt. Hannes konnte sich nicht erinnern, jemals mit Vera geredet zu haben. Ach doch, einmal, als er einem Klassenkameraden die Nase blutig geschlagen hatte bei irgendeiner Streiterei. Vera war ihm auf dem Heimweg hinterhergelaufen und hatte sich bei ihm untergehakt.

»Tut das eigentlich weh, wenn man einem so auf die Nase haut?«

»Ich glaube schon. Frag Massimo.«

Vera lachte. »Ob's *dir* weh getan hat, will ich wissen! An der Hand.«

Er hob die rechte Hand aus der Hosentasche und betrachtete sie. »Ein bißchen.«

»Es muß herrlich sein, so richtig draufzuhauen.«

»Hm.« Er verschwieg, daß es das allererste Mal in seinem achtzehnjährigen Leben gewesen war, daß er so richtig draufgehauen hatte, und daß seine eigene Überraschung über den gelungenen Schlag wohl größer gewesen war als die von Massimo. Hannes verschwieg auch, daß Vera das erste Mädchen war, das sich bei ihm unterhakte. Denn die dreißigjährige verheiratete Frau gab es nicht. Er hatte sie irgendwann erfunden, und jetzt wurde er sie nicht mehr los.

»*Einmal im Leben* möchte ich auch so draufhauen«, sagte Vera und sah ihn von der Seite an. Hannes antwortete nicht. Er schwieg. Es fiel ihm nichts ein, was er hätte entgegnen können. Er suchte nach Wörtern und Sätzen, aber die fühlten sich alle nicht richtig an. Und dann war es zu spät: Vera ließ seinen Arm los und steckte die Hände in ihre Hosentaschen. Eine Weile gingen sie schweigend nebeneinanderher, dann trennten sich ihre Wege, und sie verabschiedeten sich mit einem unbestimmten Gefühl des Grolls gegen sich selber und gegen den anderen.

10

»Was glaubst du, wie das weitergeht mit der Studerin?«

»Nach der Scheidung? Ich weiß nur, daß der Fischer Franz schon lange ein Auge auf sie geworfen hat.«

»Der Turnlehrer? Auf die Studerin? Kann ich mir nicht vorstellen, so dick, wie die ist. Dick wie ein Walfisch.«

»Der hat ein Auge auf sie geworfen, das weiß jeder.«

Dann bremste der Zug ab. Es war der vorletzte Halt vor der kleinen Bahnstation, an der die zwei Schwestern aussteigen würden. Sie verstummten, weil es immer allerhand zu sehen gab, wenn der Zug hielt. Da die zwei Schwestern einander gegenübersaßen, konnten sie keine gemeinsamen Beobachtungen machen; jede sah im Gegenteil nur das, was die andere nicht sah.

So konnte Anne etwa beobachten, wie hinter Nicoles Sitzlehne die Zicke mit dem pelzbesetzten Jäckchen aufstand. Die lächelte jetzt nicht mehr, sondern hatte ein strenges Gesicht aufgesetzt und zupfte energisch ihr Jäckchen zurecht, ohne irgend jemanden im Zug eines Blickes zu würdigen. Dann drehte sie sich um und lief zum Ausgang, und zwar in Fahrtrichtung.

Gleichzeitig konnte Nicole mitverfolgen, wie der junge Mann mit den französischen Zigaretten aufstand; sie teilte ihrer Schwester mit gebleckten Zähnen und krallenartig gekrümmten Fingern mit, daß er ein bißchen aussehe wie Graf Dracula. Er fuhr sich mit beiden Händen sorgfältig durchs Haar und machte mit seinen ungesund roten Lippen merkwürdige Bewegungen, als ob er Speisereste aus den Zahnlücken saugen würde. Auch er tat, als wäre außer ihm niemand im Zug, ganz nach

Städtermanier; auch er drehte sich grußlos um und verschwand, und zwar gegen die Fahrtrichtung.

Die zwei Schwestern waren allein. Sie waren jetzt müde vom langen, aufregenden Tag und rutschten ungeduldig auf ihren Sitzen umher – wenn die Stadt nur nicht so weit abgelegen von ihrem Dorf wäre! Anne seufzte, lehnte sich zurück und schaute durchs Fenster hinaus auf den Bahnsteig. Dann seufzte auch Nicole und sah nach, was ihre Schwester draußen Interessantes entdeckt haben mochte. Aber da waren nur verlassene Gepäckwagen und graue Regenmäntel und rostbraune Nebengeleise.

Diese verfluchte Schwerkraft

Es war zwei Uhr in der Nacht, draußen legte sich dicker Nebel über die Stadt, und ich lag endlich im Bett. Die Schritte später Heimkehrer hallten von der Gasse zu meinem dunklen Zimmer herauf, die Scheinwerfer eines parkenden Autos zeichneten beruhigende weiße Schlieren an die Zimmerdecke. Ich lag nackt und lang ausgestreckt da und war froh, allein zu sein. Ich fühlte mein Herz schlagen; gutes Herz, dreißig Jahre alt, einwandfreier Zustand, arbeitete seit etwas mehr als 10 000 Tagen und Nächten störungsfrei durch, manchmal schneller, manchmal langsamer, je nach Bedarf, und hatte sich noch nie darüber beklagt, daß ich zuweilen zuviel trank und rauchte und an heißen Julitagen ohne Dusche in den kalten Fluß sprang. Ich lauschte dem Rhythmus meines wunderbaren Herzens und war voller Dankbarkeit.

Weiter unten hing mein Geschlecht ruhig und schlaff zwischen den Beinen der Matratze entgegen. Guter Pimmel, lieber Sack. Andere hatten in meinem Alter schon Hodenkrebs oder waren impotent, oder der Schwanz war zu groß oder zu klein oder übersät mit gräßlichen Geschwüren und Pilzen und Geflechten und Ungeziefer, von schlimmeren Krankheiten gar nicht zu reden, Jesus Maria im Himmel. Ich aber war jung und schön und ganz normal, und jeden Tag hatte ich den herrlichsten harten Morgenständer wie jeder gesunde junge Mann. Heiße Schauer der Dankbarkeit wogten mir über den Rücken.

Plötzlich beunruhigte mich etwas: Meine Hoden hingen ein ganzes Stück zwischen den Beinen hinunter. War das normal und der Zimmertemperatur angemessen und immer schon so gewesen, oder hingen sie etwa weiter hinunter als vor fünf oder zehn Jahren? Ein Bild stieg in mir hoch: das Bild meines Lateinlehrers, des bösen alten Werner Müller, dieses zähneknirschenden, stiernackigen Sadisten, Schrecken aller Schüler und Monster meiner Alpträume, das mich nach dem Schulabschluß noch jahrelang nachts heimsuchte, bis auch dieser Schrecken im namenlosen Dunkel der Vergangenheit verschwand.

Dort blieb er über zehn Jahre, und ich hatte meinen Schwur schon längst vergessen, dem alten Müller aufs Grab zu pissen, sobald er nur endlich unter dem Boden wäre. Aber dann haben sich unsere Wege noch einmal gekreuzt. Es war letzten Winter in der städtischen Sauna und sehr peinlich. Als ich an einem Mittwochnachmittag die Garderobe betrat, war da der alte Müller und stieg aus seiner schlabberigen Unterhose – und dann stand der alte Quälgeist, die Geißel meiner Jugend, mit nichts als zwei schwarzen Strümpfen an den Füßen vor mir. Es war wirklich sehr peinlich. Der alte Müller und ich retteten die Situation, indem wir einander in stillschweigender Übereinkunft nicht wiedererkannten. Ich zog mich ebenfalls aus. Bis der alte Müller seine Schuhe unter der Bank verstaut und das Portemonnaie in Sicherheit gebracht und seine Lateinlehrerhose sorgfältig gefaltet hatte, saß ich schon längst nackt im Schwitzraum. Dann ging die Tür auf, und der böse Müller, vor dem im Lauf der Jahrzehnte Tausende von Schülern gezittert hatten, trat in seiner ganzen Nacktheit ein. Wir waren allein. Müller nahm neben mir Platz. Eine Weile zwang ich mich, nicht hinzuschauen, aber dann tat ich es doch. Da saß, eine Stufe höher als ich, der alte Müller mit seinem schlaffen, haarlosen Lehrerkörper, dem grauen Bürstenschnitt und dem runden, schwitzenden Kleinkinderbäuchlein. Erst fiel mir gar nichts auf, aber dann sah ich es: Seine Hoden hingen von der oberen Stufe bis auf meine Sitzhöhe herunter. Sie lagen gleich neben meinem Frottiertuch auf dem Lärchenholz, absurd in die Länge gezogen wie ein viel zu großer Kaugummi. Ich hätte beinahe laut aufgeschrien.

Das Bild von Müllers Hodensack marterte mich jetzt im Bett. Ich nahm meinen Sack schützend in beide Hände und ergab mich in den Gedanken, daß er eines Tages auch auf der nächstunteren Stufe aufliegen würde. O heilige Maria Mutter Gottes! Mein lieber, schöner, praller Hodensack, Quelle ungezählter himmlischer Freuden, würde spätestens in weiteren 10000 Tagen 25 Zentimeter lang sein, haarlos und schlaff und ohne erkennbaren Nutzen. Das würde so sicher eintreffen wie die Klimakatastrophe, und ich wußte, wer daran schuld war: die Schwerkraft. Ich wußte Bescheid, ich hatte in einer medizinischen Fachzeitschrift einen Artikel darüber gelesen. Es war die Schwerkraft, die mich heimtückisch und schleichend in jahrzehntelanger Kleinarbeit kastrierte, indem sie meine Hoden kraft deren Gewicht Tag und Nacht unablässig nach unten zog. Die Schwerkraft zog und zerrte an meinen Hoden, und ich konnte es meinem Sack nicht verübeln, daß er diesen Kampf nach ein paar Jahrzehnten aufgeben und sich dem Boden zudehnen würde. Ärgerlich war nur, daß meine Hoden diesen Weg nach unten nicht in einer geraden Bewegung zurücklegen würden, sondern sich unterwegs um sich selbst drehten. Ich hatte es in dem Artikel gelesen: Dadurch verdrehten und verhedderten sich die Samenstränge hoffnungslos, an denen die Eier hingen, und für meine Spermien und Hormone und all die anderen Säfte gab es nicht die geringste Möglichkeit mehr, den Weg ihrer Bestimmung weiterzugehen. Ich war verloren. Ein Kastrat auf Raten, unausweichlich zum Eunuchendasein verdammt. Alles eine Frage der Zeit.

Mit allen zehn Fingern meiner Hände bildete ich um meinen Sack einen Korb gegen diese verfluchte Schwerkraft. Ich versuchte, nicht daran zu denken, wie meine Hoden aussehen würden, wenn ich in spätestens 20 000 Tagen zweieinhalb Meter tief und halbverwest im Boden läge.

Und dann dachte ich an all die Zeit, die schon vergangen war. Ich dachte an Elvis, Ingrid, Sandra, Wolfgang, Tobi, Gina und alle anderen. Mir fielen die großen und kleinen Streitereien, Grausamkeiten und Gleichgültigkeiten ein, und ich dachte, mein Gott, welche Zeitverschwendung. Dann umarmte ich sie alle der Reihe nach (den alten Müller aber nicht). »Warum habe ich euch nicht mehr geliebt?« fragte ich laut in die neblige Nacht hinaus, und dann weinte ich und vergrub mein Gesicht im Kopfkissen, bis ich einschlief.